Si el mañana
nunca llega

Si el mañana nunca llega

EZEQUIEL JIMÉNEZ

UNA NOVELA

Para pedidos de copias adicionales de este libro, por favor contacte con:
Palibrio
1663 Liberty Drive
Suite 200
Bloomington, IN 47403
Llamadas desde los EE.UU. 877.407.5847
Llamadas internacionales +1.812.671.9757
Fax: +1.812.355.1576
ventas@palibrio.com
362231

Agradecimientos

A Francisca Brito, mi madre, el ser más especial. Gracias, madre, por haberme traído al mundo y por el apoyo incondicional que me ha dado en todo el transcurrir de mi vida. Al profesor Ángel Ventura, quien me ayudó a construir este proyecto en días exhausto y largos. Gracias Ángel por ser un amigo cuando lo necesité. Gracias a Ángela Altagracia Antonio por haber compartido su historia conmigo sobre su lucha contra el progreso y la travesía en su viaje en yola a Puerto Rico. Un agradecimiento infinito a Luís Requena de Corrector en Madrid, España. Gracias por darle a este libro la calidad y nitidez que faltaba. A Sofía Palacios de Palibrio mi asesora editorial. Un especial agradecimiento a Karla Delgado, mi representante de servicio en Palibrio. Gracias a Grace Collado por su poema en el capítulo nueve. Y por último, a mis amigos que siempre creyeron en mí, ustedes sabes quienes son, un millón de gracias.

Jesús perdona a una pecadora

Un fariseo rogó a Jesús que comiese con él. Así, fue a casa del fariseo, y se sentó a la mesa. Entonces, una mujer de la ciudad que había sido pecadora, al saber que Jesús estaba en casa de aquel fariseo, llevó un frasco de alabastro con perfume. Se puso detrás de él y empezó a llorar, a regar con lágrimas sus pies, y a enjugarlos con los cabellos de su cabeza. Después, los besó y los ungió con perfume. Al ver esto, el fariseo que le había convidado pensó para sí: «Si este fuera profeta, conocería la clase de mujer que le toca, una pecadora». Entonces, Jesús le dijo:

—Simón, tengo algo que decirte.

Él contestó:

—Di, Maestro.

—Un acreedor tenía dos deudores. Uno le debía quinientos denarios, y el otro, cincuenta. Como no podían pagarle, perdonó a los dos. ¿Cuál de ellos le amará más?

Simón respondió:

—Pienso que aquel a quien perdonó más.

Jesús le dijo:

—Has juzgado bien.

Volviéndose a la mujer, Jesús añadió:

—¿Ves a esta mujer? Entré en tu casa y no me diste agua para los pies, pero ella los ha regado con sus lágrimas y limpiado con su cabello. Tú no me besaste, pero ella no ha cesado de besar mis pies desde que entré. No ungiste mi cabeza con aceite, pero ella los ha ungido con perfume. Por eso, te digo que sus pecados, que son muchos, le han sido perdonados; ella ama mucho. Pero, a quien poco se le perdona, poco ama».

Y a ella le dijo:

—Tus pecados quedan perdonados.

LUCAS 7: 36-48

Uno

Casi toda mujer, sobre la faz de la Tierra, tiene por lo menos dos sueños: casarse y tener hijos. De hecho, posiblemente es el sueño de todo ser humano. El propósito del matrimonio es formar una familia, de eso depende parte de la felicidad. No es un rompecabezas, pero es importante encontrar las piezas correctas. Si buscamos muy a fondo, podemos encontrar que eso fue lo que Dios quiso hacer desde la creación del mundo. Esto es parte de lo que aprendí de mi padre antes de que se fuera a un lugar ignoto.

De niño, en el hogar, nos hablaban del progreso y de lo importante que es la educación para lograrlo. A veces, pensamos en recorrer el mundo en busca de la felicidad y de los sueños, pero casi nunca nos damos cuenta de que esa felicidad y esos sueños siempre han estado a nuestro lado. Le contaré la historia de una niña que vivió y murió en busca de sus sueños. Ella fue mi madre, y se llamó Teresa.

Vivió en la región del Cibao, en la República Dominicana, y era una soñadora; siempre tuvo en mente llegar más allá de donde sus padres nunca pudieron. Entre sus metas, también estaba la ilusión de encontrar a su príncipe azul, uno de esos que solo se sueñan. Desde muy pequeña, sus padres le enseñaron a perseverar y a tener fe para lograr las metas. Ellos creían que todo lo que se hace con apuro casi siempre termina mal. Crecía, y también recordaba la perseverancia que sus padres le habían inculcado, pero progresar en su mundo era similar a ver un pez viviendo fuera del agua. Siempre ayudó a sus padres con los quehaceres del hogar, y no pudo estudiar, porque la escuela más cercana quedaba a tres horas de su casa.

A los quince años cumplidos, se le despertó el deseo sexual. Las hormonas le daban sensación de deseo, y empezó a tomar el cambio drásticamente. Se miraba en un espejo y veía su cuerpo de señorita, poniendo una sonrisa al crecimiento de sus mamas. Meses después, conoció a Antonio, un joven que pasaba todas las tardes frente a su casa montado en un caballo; era un caballo elegante, de paso fino, alto y fuerte. Él trabajaba cerca de la casa de ella atendiendo una finca dedicada a la crianza de ganado, en la que ganaba dos mil pesos al mes. El dueño era un señor acaudalado y vivía lejos, en la ciudad. Se mantenía de su ganado gracias a las ganancias que Antonio le producía. Este se dedicaba a llevar las vacas al río para que bebieran, y también las vacunaba y alimentaba. El oficio no era fácil de lidiar, pero aun así, Antonio amaba su trabajo. Por la tarde, después de atender al ganado, volvía a su casa. En una de esas tardes, se encontró con Teresa.

—¿Cómo estás? —le preguntó Antonio, nervioso como era de esperar.

—Bien, gracias —contestó Teresa amablemente y con una sonrisa en los labios. Ella había esperado ese día desde hacía largo tiempo, y como habían entablado un diálogo por vez primera, trató de mantenerlo.

—Mi nombre es Antonio. ¿Cuál es el tuyo? —preguntó obsesionado por saberlo.

—Teresa —respondió ella sin decir nada más.

La conversación continuó un rato más, y esa misma rutina siguió por un plazo de dos semanas. Aquellos encuentros llenaban el vacío que ambos sentían y que, a la vez, fortificaban aquel amor que nació en un día especial. Lo bueno de la situación era que ella sabía la hora a la que él pasaba, y le esperaba todos los días sentada en una mecedora frente a su casa. Como el amor es un lenguaje corporal, no fue necesario que hablaran mucho para descubrir que se gustaban entre sí, pero de todos modos, tuvieron que hacerlo para romper el silencio.

Una tarde, mientras declinaba el crepúsculo vespertino para dar paso a la oscuridad de la noche, él le entregó una carta. No era una carta con dibujos de corazones o flores. En las pocas palabras del corazón, le escribió pidiéndole que fuera su novia. Como ella no sabía leer ni escribir, una amiga se la leyó. Dos días después, aceptó con la ilusión de haber encontrado a su príncipe azul.

Sus padres nunca estuvieron muy convencidos de aquel noviazgo, ya que los muchachos del barrio solían aprovecharse de las muchachas en aquellos tiempos. De ese modo, y en un acto de desesperación, hicieron lo que cualquier padre hubiese hecho: le plantaron las reglas sobre la mesa a Antonio.

—Espero que cumplas con mi hija, porque no responderé si algo le llega a pasar a tu lado —le dijo su padre a Antonio. Su madre permanecía en silencio, escuchando la conversación sin opinar.

—No tiene por qué preocuparse. Ella estará en buenas manos, y prometo cuidarla —respondió Antonio garantizándole que protegería a su hija.

Como les pareció un hombre honesto y trabajador, finalmente accedieron. La costumbre, por aquel entonces, era que los novios solo podían verse en la casa de ella hasta que la relación se formalizara para, finalmente, casarse. Era algo más bien pensado para que las personas del barrio supieran que eran novios y se viera el respeto mutuo.

A los diecisiete años cumplidos, ella se fue de la casa familiar y se mudó junto con Antonio a otra que él había heredado de su padre. Aquella fue una escena como sacada de una película romántica. Se marchó a medianoche, montada en el caballo de Antonio, y salió por una ventana, como era usual. En aquellos días, simplemente eso estaba considerado como casarse, aunque no hubieran pasado frente al altar. Los padres de ella estaban felices porque él hacía feliz a su hija. También hubo algo de tristeza, como era de esperar. Los días y los meses fueron pasando, y su dicha al lado de Antonio era cada vez más intensa. Vivían en una casa hecha de madera, con techo de hojas de yagua. Tenía un fogón fuera, en el que cocinaban con leña. En el patio había gallinas y una vaca. Su hogar estaba rodeado por la sabana y, en la distancia, podían divisarse los montes. Ella solía lavar la ropa en un riachuelo que pasaba justo enfrente de su casa. Un poco más abajo de su curso, tenía una pequeña cascada que producía un sonido relajante.

Antonio continuó atendiendo a las vacas y trabajando en diferentes propiedades para ganarse el sustento. Era flaco, alto y de pelo trigueño y corto. Teresa, de baja estatura y delgada. Su pelo caía desde la cabeza hasta los glúteos. Ella acostumbraba a caminar descalza, mientras que Antonio solía usar un par de botas de goma que le llegaban hasta las rodillas. También cargaba un machete colgado a la cintura. Todos los días, a la hora de la comida, daban gracias a Dios por los alimentos, aunque no eran nada especial. Sobrevivían gracias a los huevos, la leche de vaca, los plátanos y otros frutos, y aunque le pedían las respuestas que la vida no les proporcionaba, siempre estaban conformes con lo que Dios quisiera darles.

Por las noches dormían arropados por el silencio, bajo un mosquitero viejo que les acompañó durante años. Las noches de invierno eran frías y largas. Temprano, por la mañana, ella ordeñaba la vaca. Después, acostumbraba a las gallinas a poner los huevos bajo la cama. Antonio llevaba a casa víveres de los campos que trabajaba de vez en cuando. A veces se sentían solos, porque la casa más cercana a la suya estaba a medio kilómetro de distancia; además, en los días de lluvia no podían salir, porque todo a su alrededor se convertía en un lodazal.

A principios del año siguiente, Teresa se quedó embarazada. Para colmo de males, Antonio no tenía trabajo por aquel entonces, porque el dueño de las vacas las había vendido y las faenas escasearon. Los meses pasaban, y ella no tenía la alimentación necesaria para nutrir tanto su cuerpo como el de la criatura que llevaba en su vientre. Desesperado por la situación, Antonio vendió las gallinas, la vaca y un becerro que había comprado meses atrás. Después, la comida les llegaba porque algunas personas los ayudaban. La situación cada vez se puso más recia, y la angustia les atormentaba. Aun así, no perdieron la fe y, como creían que todo iba a salir bien, se mantuvieron firmes ante lo que pudiera pasar. Un mes antes de dar a luz, el doctor que la chequeó la primera vez dijo que el parto podía ser riesgoso, porque ella estaba muy débil.

Antonio iba a la iglesia todos los días en las últimas semanas antes del alumbramiento, y el día anterior decidieron quedarse en el hospital porque no tenían a nadie que pudiera llevarles en caso de emergencia. Los dolores comenzaron esa misma noche. Antonio sujetaba la mano de Teresa con fuerza. Estaba angustiado, y la tensión cada vez era mayor. Desesperado ante la situación, rogó a Dios que todo saliera bien.

—Guarda esta carta por si me sucede algo —le dijo Teresa.

Antonio la guardó en un bolsillo del pantalón y no la cuestionó. Los dolores eran cada vez más intensos. De repente, entraron dos doctores y una enfermera, y Antonio salió del cuarto dejando que ellos hicieran su trabajo. Ni siquiera imaginó que aquella sería la última vez que vería a su mujer con vida.

Mientras extraían a la criatura, Teresa tuvo una hemorragia tan fuerte que resultó incontrolable. Como era un hospital público, no estaba lo suficientemente preparado para una situación así. Los doctores, al ver que tenían que hacer algo de inmediato, se preocuparon principalmente de que naciera la criatura. Media hora después, Teresa alumbró a una niña preciosa, pero no estaba con vida para verla. Llegó el momento más difícil para el doctor.

—Su mujer no ha podido aguantar el parto y ha fallecido a causa de una hemorragia —le dijo a Antonio al salir del paritorio. Antonio se desmayó. Un par de enfermeros le llevaron a una sala donde permaneció por un rato. Cuando despertó, el doctor regresó donde él estaba.

—Lo siento mucho —le dijo el médico mientras ponía una mano sobre su hombro. Antonio no respondió, solo se quedó mirándole con la mirada perdida.

—¿Qué nombre piensa ponerle a su hija? —le preguntó. Antonio volvió a mirarle y tardó en contestar.

—Teresita —dijo finalmente con un nudo en la garganta.

Dos

Mi padre me puso el nombre de Teresita inmediatamente después de que muriese mi madre. Es el único recuerdo que tengo de ella. No sé qué pensar, pero la vida me confunde de vez en cuando. La paso llorando. No lo hago sin motivo, pero tampoco quiero recordar por qué lloro. No pienso mucho en el futuro, y me he convertido en una persona rebelde; todo me da lo mismo. Acabo de cumplir veinte años, y siento que todo lo que me rodea me está traicionando. Me siento sola, y me duele ver a mi padre tratando de darme lo que no tiene. Quisiera trabajar y ayudarle. Siento que estoy perdiendo la cabeza, porque quiero hacer mucho, pero no tengo nada que hacer. Él vive triste y, probablemente, extraña mucho a mi madre. Sé que lo hace a solas, porque quizá piensa que a mí también me dolería verle tan sombrío; lo cierto es que me sucede lo mismo. Yo también la extraño, y me gustaría que estuviese conmigo, ayudándome a hacer estas tareas.

El cálido viento alivia las angustias que tengo que pasar diariamente. Mi padre llega del trabajo, como de costumbre, y procuro guardarle algo de comida. Su ropa trae el olor del ganado, que a veces no soporto, pero es de donde procede nuestra manutención. En el patio, admiro a las mariposas que vuelan en libertad, sin que nadie ni nada les corte las alas. Las flores y los árboles mantienen sus hojas verdes, reluciendo con su belleza. Los pajaritos cantan, no sé si de alegría o si es su costumbre, mientras trabajan en sus acogedores nidos.

Afuera llueve, aunque luce el sol; se dice que esa lluvia baja de las nubes. En ocasiones, pude escuchar que, cuando llovía mientras el sol lucía, era que una bruja se estaba casando. Solía preguntarle a mi padre acerca de esta y otras cosas extrañas que escuchaba para estar segura de ellas.

—Esa es una leyenda urbana —me dijo cuando le pregunté sobre la lluvia bajo la luz del sol.

Según él, las leyendas urbanas se propagaban de boca en boca, y casi siempre eran increíbles, fascinantes y absurdas. Salgo a disfrutar de la lluvia bajo el caño de agua que baja por un lateral de la casa. La blusa desgastada marca mis pequeños senos, que apenas crecen. Mi padre me mira, sonriendo, desvistiendo sus dientes amarillos manchados por el café. La lluvia cesa, y el viento se lleva la pequeña nube.

Evitábamos hablar de los famosos «temas de adultos». Creo que resulta difícil hacerlo cuando es de hija a padre, ya que existe la posibilidad de entendernos mejor entre mujeres. Pero ahí estaba el problema, que esa mujer que yo necesitaba no estaba conmigo.

Me acuesto después de terminar las faenas domésticas. Mi vida tenía una rutina fija: levantarme temprano y hacer el desayuno para mi padre y para mí, echarle maíz a las gallinas e ir a la escuela. Después, cocinar para ambos, hacer las tareas y limpiar antes de acostarme. Pocas cosas sucedían en medio. El vecindario se sentía seguro. Las casas, bastante distantes una de la otra, aparentaban un lugar de campamento.

Ahora pienso que el tiempo ha pasado muy deprisa, y me duele haber crecido sin su calor. Ni siquiera pude disfrutar de un momento especial con ella; no conocí sus pasatiempos favoritos. Me hubiese gustado conocerla por completo, las cosas que le fascinaba hacer y aquello que pudiera odiar, lo que hacía bien y en lo que erraba. Quería saber qué cualidades físicas heredé de ella, cómo fue su niñez y qué hacía mientras estaba en casa, si tuvo novio antes de juntarse con mi padre y cómo fue su relación. Por mi mente cruzaban miles de preguntas que, en su mayoría, formulaba al viento.

No lo recuerdo muy bien, pero mi padre me llevó a visitar su tumba después de cumplir mi quinto cumpleaños. Aquello se repitió posteriormente, pero ya no lo hace con la misma frecuencia con que lo hacía antes. No comprendo por qué, pero sospecho que, por fin, ha aceptado su pérdida. Yo aún no puedo. «Donde quiera que estés, madre, te siento cerca de mí», me digo cuando busco su rostro. Él nunca me dijo de qué murió, ni yo le he preguntado hasta el momento. Cuando tuve uso de razón, me contaron la causa de su muerte.

Soy una señorita, y asisto a la preparatoria, al duodécimo grado. No tengo planes de ir a la universidad, de momento. Casi todo me aburre. Tengo varias amigas, pero pocas de confianza; una de ellas es como una hermana para mí. Su nombre es Dolores, y ella, cariñosamente, me llama Tere. Nunca le cuenta mis secretos a los otros compañeros, y siempre me aconseja tomar buenas decisiones.

Sigo viviendo en la misma casa en la que vivió mi madre, aquella en la que el agua de lluvia se cuela a través de las hojas de yagua. Lo que más me atormenta de todo es no tener un recuerdo de ella, ni siquiera un retrato. Los recuerdos me hieren, y lloro cada vez que pienso en ella. La extraño, y me hace falta decirle «madre».

Una tarde, mi padre decidió contarme toda la verdad acerca de su muerte.

—Tu madre murió mientras te alumbraba —me dijo con los ojos humedecidos—. Su cuerpo estaba muy débil, y tuvo una hemorragia.

—Lo siento mucho, madre —dije en voz baja mirando hacia el cielo con un nudo en la garganta. Después, abracé a mi padre y nos pusimos a llorar. Fue doloroso para ambos, pero esa presión tenía que ser liberada de una forma u otra. Desde entonces, me sentí culpable de haber sido la causa de su muerte.

Yo caminaba una hora hasta la escuela todos los días. Una tarde, mientras me miraba en el espejo de casa después de clase, pensé que las estrellas empezaban a brillar en mi cielo. Tenía varios enamorados, pero ninguno me convencía. Dolores me decía que no desesperara, porque a todas se les presenta su príncipe azul algún día, tal y como le había ocurrido a mi madre. Aquello me causó risa, y me sentí un ser especial.

Otro día, tras llegar de la escuela, encontré a mi padre embriagado. Nunca tomaba bebidas alcohólicas, y era la primera vez que yo le veía en ese estado. Tenía una carta en su mano derecha que me entregó diciendo:

—Eres igualita a tu madre.

Inmediatamente después, me dio un beso en la frente y se metió en la cama. Yo me puse muy nerviosa, y empecé a llorar. Algo más calmada, me senté bajo un árbol a leer la carta que mi madre me había dejado.

He escrito esta carta por si me quedo en el parto. No sé tu nombre ni si te parecerás a mí. Me hubiese gustado darte más de lo que pude, pero tu padre y yo solo tenemos nuestro hogar y un corazón lleno de esperanza. Posiblemente, nunca me conocerás porque no tengo fotos en las que puedas verme. Yo traté de que el embarazo fuese lo más saludable posible, pero de vez en cuando no teníamos comida, y me quedaba sin cenar. Perdóname, porque no tuve qué ofrecerte. Por más que lo intenté, nunca tuve los recursos necesarios. Te confieso todo esto porque quizá mañana no llegue a verte, y así te dejo este recuerdo mío por si no estoy contigo. No sé leer ni escribir, le he dictado esta carta a Antonio. Él no tiene a nadie más que a ti, cuídale y quiérele mucho, porque es el mejor padre y marido del mundo. Por muy difícil que sea la situación, gánate el pan de cada día siempre humildemente. Estudia y supérate para que llegues adonde nosotros no pudimos llegar. Lo más importante es que recuerdes siempre que lo que tengas en la cabeza no importa si tu corazón está vacío. No estoy a tu lado, pero cuando mires hacia arriba, ahí estaré.

—Teresa

Metí la carta en un bolsillo de mi pantalón y fui llorando hasta donde se encontraba mi padre. Se me pusieron rojos los ojos y la nariz. Él también estaba llorando, arropado con una sábana de pies a cabeza. Pensé que estaba viviendo durante la Guerra de los Cien Años, pues mi sufrimiento parecía no tener fin.

—Tu madre era tan linda como tú —me dijo sollozando. Le miré sin contestar. El silencio se prolongó por un minuto. Me sentí orgullosa de saber que mi madre era linda. Fue la primera vez que le oí hablar de ella con ese orgullo.

—¿Cómo se llamaba? —le pregunté. Yo sabía su nombre, pero pretendía entablar un diálogo sobre ella.

—Se llamaba Teresa, como tú —me contestó. Después, guardó silencio mientras reunía ánimos para continuar.

—No tenía dinero para darle la nutrición necesaria durante el embarazo, su cuerpo estaba muy débil —dijo con desaliento—. Durante el parto, un parto de distocia, se produjo una hemorragia incontrolable. Ella no lo resistió, y los doctores que la asistían no estaban lo suficientemente capacitados para controlar la situación. La sala de partos tampoco estaba adecuadamente equipada para aquella situación.

En mi casa no había luz, usábamos una lámpara de gas para alumbrarnos. Cocinábamos con leña, en un fogón; él se encargaba de buscarla. No puedo decir que mi niñez fuese como la de las otras niñas; sencillamente, no tuve niñez. Siendo muy pequeña, aprendí a cocinar para mi padre. También lavaba mi ropa y la suya en el mismo riachuelo en el que mi madre acostumbraba hacerlo. De ese modo, las labores del hogar fueron reemplazando a mi infancia, que se fue quedando atrás sin poder evitarlo.

Mi padre no me preguntaba mucho por la escuela, ya que yo la maldecía la mayor parte del tiempo, y cuando no había maldiciones, le obligaba a escuchar lo mucho que la odiaba. Aunque algún día quisiera ejercer una profesión, sabía muy bien que él nunca tendría el dinero necesario para pagar los estudios, por lo que todo el tiempo dedicado al estudio iba a ser tiempo perdido. A veces peleábamos, porque él me trataba como a una niña y eso no me gustaba. Nunca me dejaba salir sola, y no me permitió tener novio hasta que fuera a la universidad. En algunas ocasiones yo quería comprenderle, pero en otras sentía que muchas de sus presiones eran innecesarias; que, en vez de ayudarme, estaba poniendo una barrera de desconfianza entre nosotros.

Al año siguiente, él falleció. Según la autopsia, debido a un ataque cardíaco. Fue muy doloroso, porque nunca le dije lo mucho que le quería, y yo estaba agradecida de haber tenido un padre como él. Nunca dejó de trabajar para ayudarme, pero yo no dejaba de darle problemas con mis pleitos innecesarios. Me quedé sola en el mundo, y sentí que había perdido todas las esperanzas de mi vida. Me encontraba en un vacío sin fondo, en un lugar sin salida. Ocurrió un lunes después de llegar de la escuela. Lo encontré muerto en su cama. Apenas acababa de cumplir veintiún años. Era real, pero me hubiese gustado que aquel momento hubiese sido solo un sueño. Mis padres seguramente tenían familiares, pero no conocía a ninguno de ellos ni sabía dónde vivían. Aquel día perdí toda esperanza de, al menos, saber si tenía familia. Esa misma tarde, el cura del pueblo trajo el ataúd. Grité, me revolqué por el suelo, brinqué e hice otras cosas inconscientemente. Ver a mi padre tendido en aquel féretro fue como sufrir el mismo dolor que él debió de sentir cuando vio a mi madre muerta. Dolores me sostuvo casi toda la noche. Esa noche, en su casa, intenté quitarme la vida tomándome un frasco entero de pastillas, pero ella me las quitó a tiempo. Tomé varios sedantes para poder dormir, hasta que uno de ellos me hizo efecto. La siguiente fue una de las miles de mañanas que he deseado no llegar a ver. Temprano, mientras el sol se levantaba, el cuerpo de mi padre recorrió las calles del pueblo mientras nos dirigíamos al cementerio, donde fue enterrado en la misma tumba en la que estaba mi madre. Ese fue mi deseo, que estuvieran juntos.

De vuelta en casa, me sentí muy sola después de su muerte, y podía sentir su espíritu rondando casi todas las noches. Algunas, incluso me pareció que estaba a mi lado, hablándome. Me pasaba llorando día y noche, sin encontrar una compañía que atenuara mis tormentos. En las mañanas, después de la tormenta, me preguntaba a mí misma si no sería posible escapar del pasado, y era en esos momentos cuando comprendía que los recuerdos te traicionan a veces. Una de aquellas mañanas, leí una Biblia que había en la habitación; era tan vieja, que parecía haber sido escrita cuando Moisés separó el Mar Rojo en dos partes. No se escuchaba el canto de los gallos en la madrugada, porque no tenía. Me hacían mucha falta los animales, pero no podía tener ninguno, pues no tenía con qué mantenerlos. Regalé las gastadas ropas de mi padre a personas necesitadas que vivían cerca, y dejé su machete en el mismo lugar en que él solía colocarlo.

Envuelta por la soledad de las noches, observaba la luna y las brillantes estrellas. Nunca pude comprender qué era lo que tapaba la otra mitad de la luna. Mirándola, lloré al comprender que me había quedado completamente sola. No sentía deseo alguno de seguir con mi vida. Cada vez que veía a una niña junto a su madre, me entraba la melancolía. El sonido de la lluvia golpeando el tejado de zinc me hacía recordar lo lindo que me sentía junto a mi padre mientras él me contaba mitos e historias.

—Padre, siempre te tendré presente en la distancia; lo prometo —me dije mirando el universo.

El dolor que provoca la muerte de un ser querido, como el del amor, se cura con el tiempo. Otros, simplemente, le olvidan. Los primeros días son horribles. Las primeras semanas son solo tiernos dolores de aceptación. Los meses siguientes se dedican a llevar flores a los sepulcros. Los años nos sirven de recuerdo y ya no nos duele; es cuando aceptamos la pérdida. Una noche, me pregunté injustamente por qué Dios da y quita la vida. Le pedí perdón, pero exigía una respuesta aunque fuese después de mi muerte. Sentí rabia, y lloré amargamente.

Recuerdo una vez, hablando con Dolores, que me quedé sin saber qué decir cuando me preguntó qué pensaba acerca de dónde venimos. Casi nunca me gustaba hablar sobre temas que no tuvieran respuesta. Otra vez, me preguntó si creía en Dios. Yo le dije que sí, porque todo en la vida tiene su creador. Le dije que nada viene de la nada, que todo objeto, animal o ser tiene su creador. Me replicó diciendo que mi respuesta tenía lógica. A veces, sus extrañas preguntas me causaban risa, y nunca pude entender por qué tenía ese tipo de pensamientos y por qué le gustaba tanto hablar del pasado y del futuro. Sin embargo, tenía tanto carisma, que me hacía vibrar con el deseo de tenerla como amiga para siempre.

Mi cuerpo empezó a ser deseado por el sexo masculino. Mis senos estaban parados, y se me notaban a través de la camisa escolar. Pocas veces usaba sujetador. En esas ocasiones, los chicos de la escuela no dejaban de mirarme. Llevaba el pelo largo, como el de una señorita en el transcurso de la pubertad. En una ocasión, mi padre me dijo que lo había heredado de mi madre. Mi mirada serena confundía hasta al más sabio; mis ojos luminosos brillaban con inocencia. A veces, me encantaba mirarme en el espejo, porque podía ver el rostro de mi madre, e imaginaba los rasgos que podía haber heredado. Lo hacía con tristeza, pero me gustaba recordar al ser más importante de mi vida. Me considero una persona sentimental y melancólica por todo lo que la vida me ha arrebatado, y quizá sea así porque nunca me enseñaron a ser fuerte.

Seguí estudiando y sobreviviendo como me era posible. Dolores me traía comida todos los días, y en una de esas ocasiones me dijo que estaba orgullosa de mí. Me quedé perpleja, aunque quizá no debí de sorprenderme tanto teniendo en cuenta quién me lo había dicho.

—Tere, solo piensa que todo lo que ocurre a tu alrededor es por tu bien —me dijo en tono sereno.

—A veces quiero pensar así, pero entonces veo la realidad y no me puedo hacer a esa idea —le contesté con desaliento.

—Te comprendo, solo le pido al Dios del cielo que te proteja en tus caminos infinitos —dijo.

Me quedé pensando en la palabra «infinitos». La miré, y me hubiese gustado que sus palabras hubieran sido más conmovedoras.

—Gracias, amiga, siempre te tendré presente —le dije con gesto de orgullo.

Un domingo por la noche, mientras observaba las estrellas, un señor me propuso darme una importante cantidad de dinero a cambio de mantener relaciones sexuales con él. En un primer momento, me sentí confundida, pero después pensé que tampoco tenía muchas más opciones.

—Suelo pasar por aquí, y quería decirte que me agradas mucho —dijo.

Le miré viendo la hipocresía en sus ojos. Fue la primera vez que alguien me había hablado de amor.

—¿Qué quiere conmigo? —le pregunté con actitud severa.

Sonrió, y pareció que mi agresividad le agradaba.

—Tú me gustas, y quisiera estar contigo cueste lo que cueste.

—¿Me está ofreciendo dinero a cambio de sexo? —le pregunté.

Nos quedamos mirándonos en silencio durante unos segundos.

—Sí, lo que tú me pidas —contestó finalmente.

Miré hacia arriba pidiéndole perdón a mi madre y acepté exigiéndole una suma mayor de la que me había ofrecido. Esa noche perdí la virginidad entre dolores y temores. Me dolía la vagina, y podía ver la cama llena de sangre. Esa semana no fui a la escuela, no quería ser la burla de mis amigas. El dinero era bueno, y también lo era el placer, aunque el dolor era muy fuerte algunas veces.

Noche tras noche, aquel hombre derramaba sobre mí los excitantes gemidos de su placer. El dolor era punzante, pero cada vez me extasiaba más de placer; me sentía adicta al sexo. Lo más peculiar era que, cada vez que terminaba el «acto», me sentía triste, por lo que decidí terminar con aquel desagradable juego. No fue fácil, pero lo hice de la manera más sana: me comprometí a masturbarme cada vez que sintiera deseo. Un día, mientras jugaba con mi vagina, descubrí una bolita en la parte superior; curiosamente, me di cuenta de que causaba placer. Me excitaba bastante tocarme allí, donde a menudo se sentía todo húmedo, y cuando terminaba, quedaba bañada en sudor. Le pregunté a Dolores cómo se llamaba, y me respondió que «clítoris». Mientras me masturbaba, me gustaba ver el interior de la casa de soslayo.

Eso me excitaba más, y hacía que el placer aumentara. Nadie más que yo sabía de mis actos.

Un día, conversando con Dolores, me recomendó vender la casa junto con la propiedad; quería que yo usara el dinero para ir a Puerto Rico en yola. Según ella, allí encontraría un futuro mejor, algo que en la República Dominicana nunca tendría. Por la forma en que lo dijo, la creí; no tenía muchas otras alternativas. Yo estaba confundida, y no tenía a nadie más a quien pedir su opinión. Después de decirme aquello, Dolores me llevó a casa de una tía suya; su hija vivía en Puerto Rico.

—Buenos días —saludé un poco nerviosa.

—Buen día, pasen y tomen asiento —nos dijo en un tono amable.

—Ella quiere saber acerca de Andrea —le comentó Dolores.

—Andrea es la hija que tengo en Puerto Rico —dijo dirigiéndose a mí. No contesté; ni siquiera sabía si lo que estaba haciendo era lo correcto.

—¿Y Andrea trabaja? —le pregunté.

—Sí, trabaja en un supermercado y gana dólares —dijo. Cuando dijo «dólares», se me abrieron los ojos.

—Gracias, que tenga un buen día —le dije emocionada al terminar la conversación. No sé qué pasó por mi mente, pero me marché de inmediato junto con Dolores a poner un letrero que rezaba «Se vende» en la casa.

Quizá vi una oportunidad. Pensé que la suerte no iba llegar a mí, y que tendría que ir yo a buscarla. Recordaba la vida de mis padres, y pensé que lo que Dolores había dicho acerca de que iba a tener un mejor futuro en Puerto Rico podía ser cierto. En aquel tiempo, yo solo era una adolescente, y en verdad ahora pienso que tomé aquella decisión muy a la ligera. Mi única responsabilidad era mantenerme viva. Por las noches, cuanto estaba a solas, maldecía la vida. Odiaba todo, y me daba rabia no saber por qué pasan cosas como las que me habían pasado.

La escuela quedó olvidada, se convirtió en parte de mi pasado. En realidad, no me importó mucho dejar de estudiar. La profesora María intentó explicarme la importancia de la educación, y yo podía comprender sus palabras, pero no tenía ganas de escucharlas. De todos modos, le di las gracias por sus consejos.

La ilusión de encontrar a mi príncipe azul se fue al infierno. Se me extinguió la llama de la pasión, desapareció el deseo de amar y de ser amada. Ya no era yo quien controlaba mi cuerpo, sino la otra vida que acababa de poseer. Pensé que los días más tristes de mi existencia llegaban en ese momento, y lo hicieron en el menos oportuno. Dolores me iba a hacer falta, y eso podía sentirlo porque ella era la persona más importante para mí entonces. Ella sabía cuándo estaba triste y cuándo no. Me entretenía mucho escucharla hablar del futuro y de sus planes infinitos. Nunca antes había conocido a una persona tan segura de sí misma.

Los meses fueron pasando, y la casa no se vendía. Un día, un muchacho me hizo una propuesta.

—¿Eres la dueña de esa casa? —me preguntó.

—Sí, soy la dueña. ¿Por qué? —le contesté.

—¿Por cuánto la vendes? —me preguntó. Tendría unos veinticinco años.

—¿Treinta mil pesos? —le dije. El muchacho sonrió.

—Esa casa cuesta el doble —me dijo. Yo sonreí y me devolvió la sonrisa. Él sabía por qué quería vender la casa.

—Yo puedo proporcionarte el viaje a Puerto Rico a cambio de la casa —me propuso. Tomé un segundo en contestarle. Miré hacia arriba, y luego, le miré a él diciendo que sí.

—Vendré por ti el domingo a mediodía —me dijo cerrando el trato.

Preparé la ropa, y coloqué parte en una mochila y el resto en una bolsa plástica. Metí la carta que mi madre me había dejado en una cartera vieja que Dolores me había regalado. Solo me despedí de ella, ya que no tenía a nadie más a quien decir adiós. Mi padre, una vez, me dijo que todo pasa por algún motivo, y esta vez quise poner a prueba sus palabras. Si el destino puede cambiar la suerte, entonces mi vida podía dar un nuevo giro.

Tres

El sábado, antes de que el sol alumbrara mi tristeza, visité la tumba de mis padres. El cementerio estaba invadido por el silencio, hacía calor, y sentía la vista pesada. Me persigné frente a la tumba, y les di las gracias por haber luchado por mi vida; después, les pedí perdón por la que destruí. Las últimas flores que les llevé estaban secas, y el viento se las había llevado al olvido. La sepultura estaba manchada por todo el agua que el cielo había derramado sobre ella con el paso de los años. Sus nombres estaban grabados en el concreto, en la parte superior; en otras tumbas, lo estaban sobre la lápida. Miré su tumba en silencio, sin decir palabra alguna, solo derramando lágrimas. Entonces, les di el último adiós y me marché del cementerio sin mirar atrás. De regreso a casa, lloré tanto que sentí morirme.

El domingo por la noche, llegué a Miches, un pueblo de El Seíbo desde el que iniciaríamos nuestro viaje. Tenía miedo, y me sentía totalmente desconsolada. Dolores me había dicho que este iba ser el «sueño puertorriqueño». Era peculiar, pero tenía sentido, porque aquellos que viajaban a los Estados Unidos solían llamar a su aventura el «sueño americano». Junto a mí había un grupo de más de cien personas. El encargado del viaje no nos dijo su nombre para ocultar su identidad. Reposamos en una casa situada cerca de la costa con la idea de estar descansados para el largo viaje que nos esperaba y que emprenderíamos a las 03:00 de las mañana del día siguiente.

Me levanté llorando, tal y como lo hacía siempre que me sentía emocionada. La decisión que había tomado era recia, pero yo quería arriesgarme y así seguir los consejos de mi madre.

Recordé que ella había tenido que sacrificarse mucho en la vida, y quería lograr más de lo que ella pudo. En la madrugada, el azul del mar reflejaba la luna. Algunos oraban con los rosarios en las manos, mientras que otros estaban arrodillados preparándose para lo peor.

—Pongan atención —dijo el encargado queriendo dejar clara la situación—. El viaje será un poco estresante, y estimo que llegaremos a Puerto Rico el jueves por la madrugada si todo sale bien. El mayor peligro lo encontraremos cuando crucemos el Canal de la Mona, porque es allí donde tendremos que luchar contra las fuertes olas.

—¿Qué es el Canal de la Mona? —le pregunté al muchacho. Todos me miraron, parecía ser la única en desconocer dónde me había metido. En el grupo había un profesor que, por suerte, conocía la geografía del océano Atlántico.

—El Canal de la Mona separa a Puerto Rico de la República Dominicana y une el mar Caribe con el océano Atlántico —dijo.

Empecé a admirar la belleza del azul del mar mientras la yola avanzaba. Miraba a mi alrededor y era como estar en un sueño, todo parecía irreal. Pero, si este sueño se cumple, podré vivir una vida distinta de la monótona que he tenido hasta ahora.

—¿Cómo se llama ese lugar donde se ven luces? —le pregunté al profesor señalándolo con un dedo y llena de curiosidad.

—Eso es Bávaro —me respondió sin titubear.

—No se dejen engañar por la hermosura de este mar, aquí han quedado ahogados los sueños de muchos dominicanos —nos dijo un viajero mirando hacia delante.

Se produjo el silencio, aquellos que viajaban por segunda vez no opinaron. Yo tenía frío, pues solamente llevaba una blusa de manga larga sin sujetador. Era la única joven en la embarcación. Esta tenía dos divisiones que servían de soporte para los viajeros, pero era incómodo estar allí, sobre la madera. Dormíamos sentados, y hacíamos nuestras necesidades frente a todos.

Horas más tarde, aún podía ver las luces de Bávaro. Sentí curiosidad por saber qué era ese lugar.

—Disculpe, ¿qué es Bávaro? —le pregunté al profesor.

—Bávaro es un pueblo de la provincia *La Altagracia* —respondió de forma académica—. Es uno de los puntos turísticos más visitados de la República Dominicana por sus hermosas playas de arena blanca. Anualmente, recibe a miles de turistas extranjeros que acuden en busca de su ambiente tranquilo, cálido y relajado, así como de sus hermosas playas y, sobre todo, de los hoteles de cinco estrellas que ofrece la República Dominicana, que está considerada como uno de los principales destinos turísticos del Caribe.

A la mañana siguiente, el sol empezó a salir despejando la oscuridad. No había diálogo entre nosotros, solo observábamos intentando ver a los guardacostas de Estados Unidos. No solo el mar era peligroso, también había que tener cautela con quienes lo protegían. A mediodía, tomé jugo de naranja con pan. Miré a mi alrededor, pero solo había agua. El sol se puso caribe, y la densidad fue fuerte. En ese momento, una pregunta vino a mi mente: «¿Qué voy a hacer cuando pise tierra puertorriqueña?».

Mi cuerpo se estaba deshidratando gradualmente. De repente, me imaginé un sinnúmero de cosas. A la distancia, pude contemplar un oasis con personas disfrutando, dándose chapuzones en el agua y comiendo frutas. Entonces, empecé a ver dobles las caras de quienes me rodeaban. Mi cuerpo se debilitó, y perdí el conocimiento. Minutos después, pude escuchar a alguien que me llamaba.

—Señorita, tome agua —me dijo un señor al oído. No tuve ánimo para responderle. Él acercó un vaso desechable con agua a mi boca. Bebí, y mi ser retomó energías al poco tiempo.

—Gracias —pude decir al recuperar la fuerza. Mi piel estaba quemada en el cuello y los brazos; me ardía, y no tenía nada para ponerme en la quemadura.

Las fuertes olas no tenían piedad de nosotros, y yo lloraba frente a aquellos hombres que me miraban con compasión. Sentí un miedo aterrador. Imaginé por un instante mi cuerpo sin vida tirado en esa yola, y parte de él quemado por el sol. Comencé a tener espasmos en las nalgas y en las piernas, y poco antes de que finalizaran, creí ver un crucero pasando a varios kilómetros al noroeste de nuestra posición.

Al caer la noche, estábamos al oeste de Aguadilla, Puerto Rico. Me quedé dormida entre el silencio y el vaivén de la yola, que tripulaban dos hombres. El ambiente era gélido, por lo que dormí muy incómoda. El miércoles de madrugada, abrí los ojos. Después, comí para tranquilizar las tripas. Estaba claro que el viaje era ilegal, pero yo no lo supe hasta algunas horas después de haber subido a la yola. Había cambiado mi casa por un riesgo, e iba a un lugar en el que solo yo me conocía. No tenía dinero, y mi cabeza daba vueltas pensando qué íbamos a hacer una vez tocásemos tierra firme.

El sol brillaba intensamente y no me dejaba pensar mucho, pues mi mayor preocupación era mantenerme viva. Empapada de sudor, abrí la cartera y saqué la carta de mi madre. Mi mente estaba en blanco, pero no podía evitar dejar de pensar en ella.

—Madre, perdóname si yo te causé la muerte. Quiero que sepas que haré lo que tú no pudiste para seguir hacia delante. Escribiste esta carta en tus últimos días. Yo la dejaré en este mar, porque es lo único que me aleja de mi tierra ahora. Esta será la línea de nuestra separación —le dije al viento mientras arrojaba la carta al mar.

Aquella carta me producía una sensación de culpabilidad que aturdía mis pensamientos. Las fuertes olas pronto la hicieron desaparecer. Me sentí mareada por la intensidad del calor.

Estaba desesperada y aburrida de escuchar las mismas conversaciones, una y otra vez. Me incomodaba comprobar que casi todos los hombres me miraban con malicia, como queriendo devorarme, aunque a la vez, me sentía feliz al saber que era deseada.

La noche cayó, pero no podíamos dormir porque estábamos pendientes de los guardacostas. La yola se movía a ambos lados y eso me producía pánico, aunque ya había pasado por situaciones desesperantes anteriormente. En mi casa, pude sobrevivir a los apagones de luz, a los mosquitos y al tormento de ni siquiera tener una radio para entretenerme. Nunca tuvimos un televisor. El día de Reyes no había regalos, y la Navidad siempre era triste. Para mí, aquel momento en esa yola era como estar alcanzando el sueño de mi madre.

El jueves de madrugada llegamos a Aguadilla. Estaba asustada, y no sabía quién nos esperaría allí. Algunos lloraban de alegría, mientras que otros oraban esperando lo peor. La yola nos dejó a unos pies de la costa. Corrimos, y fuimos auxiliados por un hombre y una mujer que nos llevaron a una pequeña casa de madera, idéntica a las que se podían ver en la República Dominicana. Eso me sorprendió, porque pensaba que vería algo muy diferente según explicaron los encargados del viaje. Nos dijeron que nadie podía salir de ella hasta que alguien viniese a buscarnos.

Mientras algunos pagaban el viaje, yo pensaba a qué hora pasaría Andrea por mí. Días antes de partir, Dolores había podido hablar con su prima y pedirle que fuera a buscarme cuando llegara. Tiritaba de frío, pero no me molestaba. Lloré al ver la yola partir de vuelta a República Dominicana, retrocediendo en el camino de los que buscaban su destino. Me senté en un rincón donde me llegaban los rayos de sol. A mediodía, nos dieron comida a los pocos que aún quedábamos allí, pero ni siquiera nos permitían asomar la cabeza por la ventana. De repente, experimenté un sentimiento de triunfo, como si hubiese conseguido una meta.

El sol comenzó a descender, y los minutos parecían horas. No podíamos hablar, el silencio era fundamental para que la policía no nos encontrara. Hoy, recordando aquel día, creo que jamás habría tomado aquel rumbo si hubiese podido predecir el futuro. Echaba mucho de menos a Dolores y, en mi soledad, recordaba los buenos momentos que pasábamos juntas.

Al llegar la noche, Andrea vino a recogerme. Una mujer abrió la puerta, y pude ver a una joven de unos veintitrés años. Su pelo era largo y lacio. Estaba delgada, tenía unos ojos cautivadores. Me pareció que su sonrisa sincera escondía algo casi sobrenatural: la capacidad de confundir. Andrea le dio algún dinero a la mujer y entró en la casa. Su minifalda atrajo la atención de todos los hombres.

—Teresita —dijo buscándome con los ojos.

—Aquí estoy —respondí levantando la mano derecha. Sonrió, y yo le devolví la sonrisa.

—Eres hermosa —me dijo en tono amigable.

—Gracias, tú también lo eres —repliqué.

Saliendo de la casa, nos dirigimos hacia un carro que nos esperaba fuera. Era rojo, tenía cuatro puertas y el asiento del conductor estaba ocupado por un joven más o menos de su misma edad.

—¿Cómo estás? —me preguntó al subir al auto.

—Bien —le respondí.

—Mi nombre es Rafael —me dijo mirándome por el retrovisor.

—El mío es Teresita —le contesté.

El volumen de la radio estaba bajo, y se podía escuchar una salsa suave. Mientras avanzábamos por las calles de Aguadilla, Andrea le sujetó la mano. Ambos se miraron y sonrieron. Ella no me lo presentó como su novio, pero supuse que tenían algo. Los patios, las fachadas de las viviendas y las casas en sí eran casi iguales a las de República Dominicana. Me sentía como si estuviese dando una vuelta por los barrios cercanos a mi casa.

—Asegúrate de protegerte a toda costa —dijo Andrea.

—¿De qué? —le pregunté.

—De que no te agarren —respondió—. Si te detienen, te deportarán.

—Lo trataré, gracias.

No sé de quién hablaba, pero pensé que se trataba de la policía. Continuamos en silencio por la penumbra de la noche. Las estrellas brillaban en el cielo, y respiré por primera vez aire fresco.

—Nos dirigimos a San Juan —comentó Andrea.

—¿A tu casa? —le pregunté.

No me contestó y, en vez de responderme, le secreteó a Rafael. Después, guardó silencio durante unos segundos y, finalmente, dijo que nos dirigíamos a casa de este. Entonces, me pregunté por qué no me lo había dicho desde el principio, y también me pregunté qué habría entre ellos, porque mi futuro quizá dependía de eso. Me tumbé a lo largo de todo el asiento y el sueño me venció. Soñé que estaba en un parque; había gente, pero no conocía a nadie. Todos me miraban, y yo no sabía por qué lo hacían. El lugar era hermoso, tranquilo, y hasta podía jurar que especial. Siempre me ha intrigado saber si los sueños tienen un comienzo; recuerdo algunos que he tenido en mi vida, pero no puedo acordarme del principio de ninguno de ellos. Desperté, y observé que Rafael me estaba mirando por el retrovisor.

—Levántate, dormilona, que ya hemos llegado —dijo Andrea.

—Ok —le contesté adormilada.

Tomé mis pertenencias y salí del carro. Era de noche, bastante tarde. Habíamos viajado durante tres horas. Al bajar del carro, Rafael besó en la boca a Andrea. Fue un beso apasionado, con abrazos y caricias. Nos encontrábamos ante una casa enorme, con un jardín lleno de flores frente a ella. Desde lejos, llegaba la brisa fría del mar. Subimos unos escalones que daban acceso a la puerta principal. Al abrirla, me quedé sorprendida. Viendo su interior, pensé que una casa como aquella solamente podía verse en el televisor.

—Tu habitación está arriba, a mano izquierda —me dijo Andrea señalando la escalera.

—Ok, gracias por todo —respondí demostrando mi gratitud.

Tan pronto abrí la puerta para entrar en el cuarto, derramé un mar de lágrimas. El dolor de la soledad me atormentaba y, por un instante, pasó por mi mente la idea de quitarme la vida. «Dios mío, ¿qué me ocurre?», me pregunté encerrada entre esas cuatro paredes. Mientras desempacaba el equipaje, sonreí a los hermosos recuerdos que me llegaban de todos lados. Abrí una de las dos ventanas que tenía la habitación. Estaba agotada. De pie ante ella, pensé algo que no he podido olvidar hasta la fecha: «¿Quién soy yo para adivinar el futuro?».

Esa noche, soñé cosas terribles, pero no las recuerdo. Se trató de una mezcla de pesadillas que me hicieron despertar completamente sudada a primera hora de la mañana; por un instante, pensé que era por el calor. Mi cuerpo ardía en llamas. Intenté levantarme, pero no pude, estaba débil y tenía hambre. Llegué a la conclusión de que tenía fiebre. Me sentía lejos, como cuando uno tiene mucho sueño y está a punto de quedarse dormido. Oí que alguien abría la puerta y, con la mirada nublada, comprobé que se trataba de Andrea.

—¿Te ocurre algo, que te noto apagada? ¿O es que se te han pegado las sábanas? —me preguntó.

—Creo que tengo fiebre —le respondí.

Ella colocó una mano en mi mejilla derecha, tras lo que hizo un gesto como de doctor moviendo la boca hacia ambos lados.

—Sí, tienes fiebre. Quédate aquí, que voy a traerte el desayuno y un calmante.

Al salir del cuarto, escuché que le llamó «nene» a Rafael. Desde el primer momento de conocerla, pude notar su marcado acento puertorriqueño, y al menos mencionaba la palabra nene cinco veces en cualquier conversación que tuviese con Rafael. Normalmente, era algo como: «oye, nene», «mira, nene», «¿qué te pasa, nene?», «bendito nene», y un sinnúmero más de expresiones conteniendo aquella palabra.

Me gustaba su hermosa sonrisa, y cuando me tocó para sentir la fiebre, sentí una especie de corriente correteando por todo mi cuerpo. En ese instante, no le di mayor importancia, pero luego pensé por qué me había ocurrido eso. No quise confundirme más de lo que ya estaba. Ese día, aparte del desayuno y el medicamento, fue inolvidable. Pasé casi toda la tarde sentada en el patio, frente a una piscina que había en la parte de atrás. Al lado de la piscina, una hermosa fuente derramaba agua en ella.

Nosotros tres éramos los únicos habitantes de la casa, cuyo interior parecía un museo, repleto de lujos y bellezas. En el exterior, un jardín reluciente la rodeaba. Cuando estaba cayendo la noche, noté que Andrea aún no había llegado del trabajo, y me pregunté cómo una persona que trabajaba en un supermercado podía tener una casa así; no me cuadraba. Por otro lado, Rafael era un hombre muy excéntrico, y llegué a pensar si se dedicarían a hacer cosas ilegales. Pasados unos minutos, Andrea apareció. No llevaba puesto el uniforme de trabajo, sino una minifalda y tacones altos; estaba vestida como para ir a la discoteca.

—¿Cómo te fue en el supermercado? —le pregunté, y ella me miró como si le hubiese preguntado cómo se había creado la Tierra.

—Yo no vengo de ningún supermercado —me respondió especulando de dónde había sacado esa idea.

—Pensé que estabas trabajando —le dije.

—Yo no trabajo —me respondió dejándome confundida.

—Tu madre me dijo que trabajabas en un supermercado.

—Eso fue antes —contestó. Después, cambió de tema y me hizo algunas preguntas.

Tan pronto terminamos nuestra conversación, me llevó a su cuarto y me regaló alguna ropa. En ese momento, sentí la esencia de lo fenomenal, de querer aceptar su regalo aunque no la conociera bien. Me vi ante un dilema en el que me había puesto la vida, y me pregunté qué habría sido de mí si me hubiese quedado en la República Dominicana. No tenía respuesta a esa pregunta, pero muy probablemente, mi vida habría sido igual que la de mis padres.

Andrea se desvistió y se quedó en ropa interior. Al verla con esas prendas tan provocativas, quise hacer realidad una fantasía que rondaba mi mente hacía tiempo. No puedo decir que yo fuese lesbiana, porque hasta entonces no había tenido sexo con otra mujer, pero algo me empujaba hacia ella. Sus labios eran como dulce de caramelo, y deseaba chuparlos.

Agradeciendo su regalo, le di un abrazo que me hizo sentir los doscientos seis huesos de su cuerpo. El abrazo se prolongó como si ambas lo hubiésemos deseado, y fue un abrazo tierno, un calor necesario para alimentar aquel momento. Después, me dio un beso en la frente y se retiró. Al verla marchar, la miré con una sonrisa en los labios.

Me asomé a la ventana de mi cuarto. Mirando a la luna, me pregunté si mi madre la había mirado alguna vez de la misma forma en que yo lo estaba haciendo. Me aburría estar sola en esa habitación, y únicamente me dedicaba a pensar en el pasado y, sobre todo, en el futuro. Me sentía atormentada, y no sabía que el giro que iba a dar mi vida estaba a la vuelta de la esquina.

Cuatro

¿Dónde van las almas perdidas? ¿Cuáles son los colores del amor? Mientras me bañaba, pensaba tonterías como esas y, aunque supiese las respuestas a esas preguntas, ¿de qué me serviría? Andrea me trataba bien, parecía que me entendía del todo, y sabía que me gustaba. Me hubiese gustado tener una hermana con la que compartir mi vida en familia, con la que jugar a los juegos que otras niñas disfrutan. Me sequé mientas me observaba en el espejo y acaricié mis senos; eran suaves y tiernos. Al salir, Andrea me sorprendió en la puerta.

—Qué pelo más hermoso tienes —dijo.

—Gracias —contesté con la mirada fija en la suya.

—Ven a mi cuarto, que quiero enseñarte algo —me dijo un poco nerviosa.

Caminé temblorosa tras ella. La puerta de su cuarto estaba hecha de caoba, y la habitación entera parecía la de un palacio. Quedé sorprendida al ver el televisor de pantalla plana y la impresionante radio.

—Acuéstate en la cama, que voy a encender el televisor para que te relajes un poco —dijo.

—Deja que vaya a mi cuarto a ponerme algo de ropa interior —le contesté mientras sujetaba la toalla a mi alrededor.

Ella rebuscó en un cajón y me regaló un par de prendas.

—Creo que esta te servirá, trátala —me dijo mientras me observaba poniéndomela—. Rafael no llegará sino hasta mañana —añadió.

—¿Y por qué me lo dices? —le pregunté.

—Para que te quedes a dormir conmigo esta noche, que me da miedo estar sola —respondió poniendo cara tierna.

—Está bien —le dije—. Yo también me siento sola la mayor parte del tiempo, y muchas veces también triste.

Me abrazó y me dio un beso en la mejilla.

La noche envejecía, como el aburrimiento. Ella me miraba, yo la miraba. Me olvidé de lo que ella iba a enseñarme y ella se olvidó de hacerlo. El televisor también quedó olvidado, ya no importaba verlo. Entonces, se me fue acercando despacito, con su mirada puesta en la mía. Únicamente vestía lencería transparente. Su figura era la de una modelo, y eso me excitaba.

—Arrópate, que está un poco frío —me dijo.

No era cierto, ambas ardíamos en llamas, y yo podía sentir mi sexo bajar como lluvia de primavera.

—Está bien —contesté obedeciéndola.

Bajo aquella sábana de color jungla, comenzamos a acariciarnos la cara. Su piel era suave. Con las risas, el nerviosismo fue desapareciendo. Ella estaba tranquila; sin embargo, yo vibraba. Sus labios de caramelo comenzaron a rozar mi cuello provocando que la llama de mi pasión aumentara al máximo. Comencé a gemir despacito. Aquellos labios fueron subiendo hasta llegar a las orejas, donde el placer tomó otro rumbo. Mientras, mis manos acariciaban su cuerpo por encima de su hermosa y sexy lencería. Quitó la sábana, y nos quedamos al descubierto. Se retiró un poco hacia atrás y, luego, se deslizó hacia mí. Ahora, sus manos acariciaban mis piernas en tanto su boca, suave y húmeda, comenzó a bajar por los muslos hasta llegar a mi sexo. En ese momento, la agarré por el cabello y la atraje hacia mí para besarla con fervor. Mientras lo hacía, mis manos alimentaban la llama que recorría todo su cuerpo acariciando su trasero y su sexo. Sus besos apasionados me tenían en un completo estado de éxtasis. Sus labios subieron nuevamente hasta mis pechos, pero esta vez se detuvieron ahí. Pareció haber encontrado mi punto débil. Me chupó los pezones, y sentí que estaba extrayendo toda la energía de mi cuerpo. Después, volvió a bajar hasta mi sexo dándome besos mojados por toda la barriga. Su lengua saboreaba el placer, el fluido que bajaba suavemente. Al concluir el orgasmo, ambas nos sentimos satisfechas. Ahora, pensando en ello, creo que quizá lo hice porque me sentía insegura de mí misma.

—Abrázame y arrópame —me dijo.

—Sí, ahora mismo —le repliqué.

La arropé hasta el cuello, tras lo que yo también me introduje bajo la sábana y nos abrazamos. Al rato, se durmió y yo me quedé mirando las estrellas que brillaban tras el cristal del balcón. Pensé que ese momento de locura había sido necesario para aliviar todas las preocupaciones que había vivido hasta entonces. Nunca antes pensé que iba a ser capaz de hacer el amor con una mujer, pero tampoco que nunca lo haría. Fue maravilloso, una experiencia encantadora. Me pregunté a mí misma si allá fuera habría alguien especial esperándome, porque si eso era cierto, iba a sentir una gran sensación de culpabilidad dentro de mí.

Al abrir los ojos en la mañana siguiente, recordé aquel momento sencillo, pero al mismo tiempo, apasionado. Sentí nuevamente su cuerpo rozarse con el mío. Me dio unos besos antes de levantarse. No sabía qué decir, porque continuaba acariciándome, pero yo tampoco quería evitarlo. Por una parte, me gustaba, pero por otra, pensaba si eso iba a mejorar mi vida o a empeorarla. Finalmente, y como siempre, aquella fue una de esas situaciones en las que la tentación nos hace llegar más allá de nuestros límites.

—Buenos días —me dijo mientras envolvía una toalla alrededor de su cintura.

—Buen día —respondí con la cabeza aturdida.

Escuchamos el ruido de un auto deteniéndose frente a la casa.

—Creo que es Rafael, vete a tu cuarto —me dijo en un momento de pánico.

—Ya me voy —contesté mientras sujetaba mis cosas.

«¿Por qué es tan complicada la felicidad?», me pregunté al entrar en mi habitación. La vida de los ricos es completamente diferente a la de aquellos que viven entre angustias y sacrificios. Yo tenía en mente una meta, que era la de llegar más allá de donde mis padres nunca pudieron. Mi madre tuvo el mismo objetivo, pero no pudo lograrlo. Tenía que pensar solamente en eso y olvidarme de lo que había pasado con Andrea, porque podría tener graves consecuencias. Por mi mente pasó entonces la carta de mi madre, flotando en medio del mar. También pensé que ese era el recuerdo más lindo que había tenido de ella. Me hubiese gustado estar presente cuando ella dictó aquellas palabras. En verdad, la tiré al mar porque había memorizado cada palabra y cada oración de esa carta, y estaba grabada en lo más profundo de mi ser.

A mediodía, bajé a la sala para llamar a Dolores por teléfono. Me sentía nerviosa y confundida, pero no quería que nadie me viese así. Sujeté el auricular y marqué. El corazón me palpitaba con cada timbrazo.

—Buenos días —oí decir a un muchacho.

—Buen día —contesté.

—¿Se encuentra Dolores? —pregunté.

—No, salió con unas amigas —dijo.

—¿Le puede decir que le ha llamado Tere, por favor?

—Sí, adiós.

Horas más tarde, me entraron ganas de ir a pasear. La casa estaba sola, Andrea se había ido con Rafael minutos después de que él llegara en la mañana. Bajé los escalones de la entrada admirando las hermosas flores y, de repente, posé la mirada en una que llamó mi atención; la arranqué sin compasión alguna. No sabía qué dirección tomar, pero decidí ir a la derecha porque pensé que lo negativo estaba a la izquierda. Caminé sin rumbo alguno, pero entonces me pareció que sería una buena idea ir a la playa. Al llegar a la segunda esquina, me sentí perdida. Me encontré con un señor mayor que pasaba montado en una bicicleta.

—¿Me puede decir cómo puedo llegar a la playa? —le pregunté.

Me miró de pies a cabeza, examinando cada parte de mi cuerpo. Lo hizo lentamente, con los ojos llenos de curiosidad.

—¿Me lo puede decir o no? —volví a preguntarle casi gritando.

—Claro, preciosa. Toma esa carretera hasta el final y encontrarás la playa —dijo.

No me molesté en darle las gracias, no lo creí necesario. El sol estaba caribe, y el clima, razonable. Me había puesto un pantalón corto y una blusa para evitar sudar. A lo largo del recorrido, pude sentir mi primer momento de libertad después de mucho tiempo. Sabía dónde iba, pero no entendía para qué; algo me dijo que tomara ese rumbo. Quizá fue aquella voz que oí durante el viaje y que me empujaba a buscar el sueño puertorriqueño.

Al poco tiempo, llegué a la playa. Contemplé el paisaje y, por primera vez en mi vida, disfruté del azul del mar.

—¡Qué hermoso! —grité sin miedo de que alguien me escuchara.

Después, corrí hasta la orilla y acaricié el agua. Me senté debajo de una mata de coco que parecía no tener fin, y pensé en el momento y en los planes que tenía que hacer para rehacer mi vida. Pensé que primero necesitaba un trabajo, y luego, conocer más el área. Me sentía incómoda al ver que Andrea me proporcionaba la manutención y yo no aportaba nada a la casa. «Sinceramente, el ambiente de esta ciudad es impresionante», pensé mientras observaba las hermosas casas. A lo lejos, resaltaba la belleza de las llanuras. Me recosté bajo la sombra de la mata de coco. Admirando el paisaje, mi mirada se desvió hacia un cuaderno que estaba tirado al lado de un árbol que no conocía. Quise ignorarlo, pero por algún motivo, no pude. Al acercarme a él, advertí que era un diario y que casi estaba hecho pedazos. Abrí la cubierta para ver de qué se trataba. En la parte de arriba de la primera página, estaba escrito: «Para Evelyn». Una línea más abajo, rezaba: «Lo más lindo que me ha pasado en la vida».

Lo guardé y no seguí leyendo. Me pregunté si fue coincidencia o, simplemente, el «destino». Me pareció que, cuando uno tiene un presentimiento, es mejor escucharlo que ignorarlo, porque quizá es una señal de que estamos en el camino correcto o aquel que el «destino» quiere que tomemos. Me senté de vuelta en la arena a observar el silencio del vacío del mar. Estaba sola en ese lado de la playa y, al percatarme de ser la única fémina por allí, decidí irme a casa. Tomé el diario como si fuera mío.

De regreso a casa, pensé si debía leerlo o devolverlo al lugar donde lo había encontrado. No sabía qué hacer, pero la curiosidad fue más fuerte que mis intenciones. Subí al cuarto con cautela, aunque no había nadie más en la casa. Me asomé a la ventana y abrí el diario mientras me acomodaba en la cama. Comencé a leerlo despacio.

1 de agosto de 2005

Me parece que todo lo que uno desea no siempre se consigue. Recuerdo que, desde niña, solo le he pedido a nuestro Dios felicidad, pero me parece que nunca la encontraré. Quizá llegó a mi vida, pero tal vez no supe aprovecharla. Estoy en mi habitación escribiendo esto. Me siento sola. No estoy tomando drogas, pero lo voy a hacer tan pronto termine de escribir, porque no puedo dejarlo. Lo he intentado, pero no he podido. Tengo problemas de adicción, como el resto de mis compañeros. Abandoné a mi madre a los quince años, y esa ha sido la estupidez más grande que he cometido en esta vida sin rumbo. Pasé mi juventud en las calles, buscando descubrir lo que ya estaba descubierto. Mi hija, si algún día llegas a leer esto, solo piensa que tu madre se está desahogando. He creado un mundo sin esperanzas, de barreras invisibles que me alejan de la sociedad. Sé que no soy un buen ejemplo para ti, y fue esa la razón por la que te dejé viviendo con tu tía Cintia. Quisiera confesarte algo, pero no puedo, y no sé si algún día podré.

Dejé de leer. Esas palabras me hicieron recordar a mi madre, y entonces comprendí por qué me había dejado la carta. Los recuerdos nos llenan de fortaleza, y nos ayudan a recordar que existieron personas que lucharon por nosotros.

Bajé a la sala para ver si lograba hablar con Dolores. Presentía que Andrea y Rafael no estaban en la casa. Me senté en el sofá. El teléfono sonó dos veces antes de que contestaran.

—Helo, ¿quién me habla? —preguntó Dolores.

—Soy yo, Tere —le respondí.

—¡Hola, Tere, cuánto gusto de escuchar tu voz! —dijo emocionada—. Cuéntame, ¿cómo te trata Andrea?

—Me trata bien —le dije—, pero estoy preocupada porque todavía no tengo trabajo.

—No te preocupes, que todo va a salir bien. Trata de no cometer locuras —dijo como si conociese mis pasatiempos.

—Me gustaría hacerte una pregunta —le dije—. De casualidad, ¿tú conoces a algún familiar mío?

—No, solo conocí a tu padre.

Por algún motivo que desconozco, su respuesta me preocupó. El segundo que tardó en contestarme me dio la impresión de que me había mentido. Si así fue, pienso que lo hizo por mi bien.

Cinco

No podía creer que estuviese en Puerto Rico; pensé que iba a morir en el intento, pero no fue así. Un día, estaba en la playa con Andrea y Rafael. Me aburría verlos juntos. Sí, eran celos lo que sentía al verle rodeando su cintura con el brazo y besándola. Ella me miró, y yo intenté descifrar el lenguaje incomprensible de su mirada. Me pareció que aquella primera vez había superado los límites. La quería, y solo deseaba que fuese mía.

—Ven, chula, que el agua no muerde —dijo ella con una sonrisa dibujada en su rostro.

—En un rato —contesté.

Deseaba intensamente estar con ella sumergida en las tibias aguas, pero no quería compartirla con Rafael. Por suerte, había llevado conmigo el diario, así que me acomodé en la arena y me concentré en su lectura.

6 de agosto de 2005

Lo más lindo que me ha pasado en la vida eres tú. Recuerdo cuando te tuve en mis brazos por primera vez. Mientras yo sonreía, tú llorabas. Me gusta escribirte, porque me proporciona tranquilidad, y siempre trato de hacerlo cuando estoy sola. Tan pronto llegan mis compañeros, me inducen a tomar drogas. Es mi mundo y, por más que lo intento, no puedo salir de él. Hoy es un sábado aburrido. No he tenido un día como este en años. Temprano, me pusieron a esnifar cocaína. Mi cuerpo entró en un estado tal, que no supe más de mí. Los sentidos se me fueron, pero fui consciente de que

los hombres abusaron de mí. Sus cuerpos absorbían el veneno
que mi ser poseía. Cuando terminaron, se marcharon como lobos
hambrientos dejándome como basura tirada. Aun con los efectos
de la droga, lloraba por dentro. Algunas veces quería escapar, pero
también me preguntaba para qué, si no tenía otro lugar donde ir.
Esa noche conocí a Alejandra, creo que así se llamaba. No sé si era
Alexandra. Para mí, ambos nombres son iguales. Me contó que su
padrastro la había violado cuando tenía doce años, pero no se lo
dijo a nadie. Su único consuelo fue irse de casa y huir del terror.
No lloré al oír su historia, pues la mía ya me había dejado sin
lágrimas, pero la abracé y le dije que era bienvenida.

Cerré el diario y me quedé pensando en la respuesta de
Dolores. Yo la conocía bien, y sabía que me había mentido.
Tener una familia es una bendición de Dios. Me hace falta el
cariño de una madre y la protección de un padre, la vida no es
igual si uno no tiene personas que te apoyen. No sé si Andrea
sabrá algo. Anoche no pude dormir. Tenía miedo de morir y no
llegar a conocer a mi familia, aunque ni siquiera sé si existen.
En eso pasé casi toda la noche. Ayer, Andrea no vino a casa;
tampoco Rafael. «Qué raro», pensé. Había algo entre ellos
que yo no terminaba de entender. No trabajaban, pero vivían
bien.

Andrea caminó hacia mí tras salir del agua.

—¿Qué te pasa? —me preguntó como si fuese mi dueña.
No tenía deseo alguno de responderle, pero lo hice.

—Nada, ¿de qué hablas? —le pregunté.

—Es que te noto rara, y no quieres bañarte con nosotros
—dijo—. Tengo algo que contarte esta noche, cuando Rafael
se vaya.

—Ok —le dije—. Estaré en mi cuarto, esperándote.

Me levanté de la arena a punto de explotar. «Ya basta»,
me dije a mí misma refunfuñando. Mientras deambulaba
observando los rostros y oyendo las voces de los que disfrutaban
en la playa, me agradó lo que vi. Había muchos dominicanos;
algunos jugaban dominó y otros, simplemente, disfrutaban de

la vida. Entre ellos, me sentí como en mi tierra. Regresé junto a Andrea, y me gustó compartir esa emoción con ella.

—¡Ven aquí, loca! —grité.

Esperé hasta que el agua desnudara su figura y se viera el traje de baño. Estaba preciosa, igual que aquella noche de locuras infinitas.

—¿Qué quieres? —me preguntó.

—Este lugar está lleno de dominicanos —dije.

Ella me miró, y movió la cabeza hacia ambos lados.

—Pareces una niña con un juguete nuevo —me dijo.

No sé qué quiso decir, pero tampoco me interesó preguntarle.

—¿Ya lo sabías? —le pregunté.

—Claro, vivo aquí desde hace mucho tiempo —dijo riéndose—. No he descubierto una civilización antigua, perdona mi modo de respuesta.

—Gracias, amiga; con el tiempo, nos conoceremos mejor —contesté mientras observaba cada movimiento de sus ojos cautivadores.

Salir de la playa fue como salir de un aprieto, vi la gloria. Nos fuimos directo a casa, sin intercambiar palabra alguna.

Desde mi cuarto no podía oír ruidos saliendo de la casa. Podía escuchar el viento, los carros que pasaban, pero no los latidos de mi corazón. De vuelta, me sentí sola, como en los días anteriores. «Necesito amor, compañía», pensé. Las paredes estaban vacías, sin recuerdos ni cuadro alguno que admirar. Me asomé a la ventana y pude ver la claridad de la noche, y las estrellas brillando como ojos luminosos. Regresé a la cama, y fijé la mirada en la Biblia. Al empacar mis cosas, antes del viaje en yola, metí aquella Biblia junto con la ropa. Lo hice porque sentí que me iba a proteger. Ojeé algunas páginas y me detuve en el salmo ocho. Lo leí completo. Después, oí cerrarse una puerta y a un auto partir.

Alguien tocó la puerta de mi habitación, y supuse que era Andrea.

—Pasa, que está abierta —dije. La empujó despacio y me hizo señal con un dedo para que la siguiera. Una sonrisa iluminó mi rostro y fui tras ella con pasos lentos. Entré en su habitación, y ella se puso a mirar por la ventana dándome la espalda.

—Siéntate en la cama —dijo con voz gruesa.

—No me asustes, que te noto extraña —contesté sin obtener respuesta. Ella inspiró profundamente y soltó el aire con un suspiro.

—Yo llegué a esta isla en busca de las mismas ilusiones que las de aquellos que viajaron conmigo en una yola azul —me contó—. Mi madre vendió una finca para cubrir los gastos de ese viaje. Sé muy bien por todo lo que has pasado, porque yo también lo he vivido. Durante los primeros meses aquí, nadie me ofreció refugio. Dormía en las cunetas, y mendigaba para poder comer. Un día, me vi en medio de una balacera, pero Rafael me rescató de aquel aprieto y me trajo a vivir aquí, a su casa. Además, me metió en su negocio. No somos más que amigos con derecho.

—¿Y a qué se dedica Rafael? —le pregunté interrumpiéndola. Eso era lo que yo quería saber desde hacía unos días.

—Bueno, tanto él como yo nos dedicamos a vender droga —contestó dirigiendo su mirada hacia la mía—. A mi madre le conté que trabajaba en un supermercado para que no se angustiara. Ya sabes cómo son las madres.

Se acercó hacia mí con el rostro entristecido.

—Disculpa que te lo pregunte, pero ¿por qué me has contado todo eso? —la miré con sinceridad.

—Me gustaría que me dieses un consejo, si quieres —dijo, y sentí por un segundo que su futuro dependía en parte de mi opinión.

—Haz lo que tu corazón te dicte, lo que te haga feliz —le aconsejé—. Yo no puedo decirte que seas como yo, porque no lo eres. Si vender drogas y tener mucho dinero te hace feliz, sigue haciéndolo, pero si no, te ayudaré a salir.

En muchas ocasiones, el silencio habla por sí mismo, y así lo hizo en aquel momento.

—Haré lo que me digas —dijo.

Ahí estaba, precisamente, la situación que yo quería evitar. Ella había hecho algo por mí, y ahora era mi turno de ayudarla.

—De todo corazón te puedo decir que, a la larga, esto no valdrá la pena —le dije—. Los asuntos de drogas terminan en la prisión o en el cementerio, deja esa vida despistada.

—Gracias, te prometo que hoy mismo le diré a Rafael que no volveré a hacerlo —me contestó—. Él no vendrá esta noche, ¿puedes quedarte conmigo?

—Sí —respondí de inmediato.

Esa misma noche comprendí que no hay que ir muy lejos para encontrar el amor, porque puede estar a unos pies de distancia. Volvimos a hacer el amor. Me sentía completa a su lado, la primera vez que me había sentido así en mi vida amorosa. Me estaba enamorando de alguien noble, que me comprendía y cuidaba. Se quedó dormida dándome la espalda, y yo podía sentir su respiración en mis hombros. Su cálido cuerpo calentó mi ser hasta que llegué al quinto sueño.

A eso de las siete de la mañana, Rafael nos sorprendió juntas y entró en la habitación fingiendo no estar sorprendido, aunque Andrea me dijo que le había contado lo nuestro. Ella le tomó de la mano y se lo llevó al pasillo. Escuché que Andrea subía el tono de voz, y luego pude oír gritos. Yo me puse muy nerviosa al no saber qué estaba pasando. Poco después, entró en la habitación con lágrimas recorriendo sus mejillas.

—Recoge tus cosas, que nos vamos de esta casa —me dijo sin vacilar. Asentí sin pronunciar palabra alguna. Como ella me había proporcionado alojamiento y se hizo responsable de mí, pensé que yo también debía irme considerando la situación. Corrí a mi cuarto, el que no tenía recuerdos, porque no quería retrasar nuestra marcha. Me sentí feliz, porque pensé que iba a estar con alguien que buscaba un futuro mejor. No tuve que empacar mis pertenencias, porque seguían guardadas. Regresé al lugar de la disputa, y Rafael se había ido.

—¿Lista? —le pregunté. Ella tenía valor, porque ya lo había demostrado frente a mí.

—Sí, vamos a buscar lo que vinimos —me dijo como si fuésemos exploradoras.

—Ok, después de ti.

Caminamos por horas sin rumbo fijo. Yo no sabía dónde estábamos, y me imaginé que ella tampoco.

—¿Qué es eso rojo que tienes en el cachete?

—Rafael me pegó cuando le dije que se fuera al diablo.

—Y ahora, ¿qué vamos a hacer? ¿Dónde dormiremos? —le pregunté. Tenía más preguntas, pero esas dos eran las más importantes por el momento.

—Tengo amigos dominicanos que viven cerca de aquí, no te preocupes —contestó—. Sígueme, están como a una hora de camino. ¿Qué te parece San Juan?

—San Juan es precioso, es bonito —le respondí—. Me recuerda lo que no tuve.

Quería hablar mucho y pensar menos.

Caminamos durante más de una hora hasta llegar a un restaurante. Nos sonaban las tripas.

—¿Te gusta el mofongo? —me preguntó.

—No sé que es eso —respondí mirándola seriamente. Algo estaba claro: si iba a vivir en Puerto Rico, me quedaba mucho por aprender.

—El mofongo es un plato típico de Puerto Rico hecho de plátano verde frito —me explicó—. Se fríe, y luego se maja en un pilón. Si quieres, puedes ponerle carne frita o cualquier otra cosa. Mi favorito es con chicharrón.

—Entonces, pide dos con chicharrones —le dije. —¿Dónde conociste a los amigos que buscamos? —añadí—. Me importa mucho saber a qué clase de personas nos vamos a unir, aunque sea por poco tiempo.

—No te preocupes, es nuestra única opción a menos que quieras pasar la noche en la calle —me contestó de forma no muy convincente—. Quizá te interese saber algo: ellos pueden ayudarnos a llegar a los Estados Unidos.

—¿En serio? Yo estoy preparada para eso y para más —le dije con una sonrisa—. Come rápido y vámonos de aquí.

Llegamos a una casa de dos niveles de color verde, y Andrea llamó a la puerta. Frente al garaje había dos Mercedes-Benz que parecían muy caros.

—Mi amor, pasa —le dijo a Andrea un muchacho con acento dominicano.

—Ven, Teresita —dijo Andrea indicándome que la siguiera.

Pasamos a una sala que parecía un vertedero, con un televisor de pantalla plana que cubría un cuarto de la pared; parecía un cine. No había nadie más. Andrea se dirigió con el joven a un cuarto del segundo piso. De la cocina, salía un olor como de hierba quemándose. Al rato, Andrea regresó con una sonrisa de alivio.

—¿Qué es ese olor que sale de la cocina? —le pregunté.

—Es marihuana —me secreteó la respuesta.

—Pueden quedarse aquí todo el tiempo que deseen, no estaré en casa por unos días; por favor, cuídenla —nos dijo él mientras salía.

—¿De qué hablaron? —volví a preguntar a Andrea.

Esa casa me daba miedo, se podía sentir el poco amor que le daban quienes vivían en ella.

—Le he preguntado al muchacho si nos podría ayudar a llegar a los Estados Unidos, a lo que ha contestado que no hay problema mientras tengamos dinero.

—¿Qué cantidad exactamente? —le pregunté.

—Muchos dólares —dijo.

D esperté con el sol dándome en la cara, la ventana no tenía cortinas. Andrea tenía una mano sobre mi barriga. Se la quité despacio y me dirigí hacia una gaveta de mi cuarto. Tomé el diario y me encerré en el baño.

11 de agosto de 2005

Alejandra tiene novio, me lo ha presentado esta mañana. Es bonito, pero también tiene vicios, como ella. Él vende cocaína, y ella le ayuda a distribuirla. Hemos estado hablando durante un rato, y me han confesado que vendían éxtasis antes de entrar en el negocio de la cocaína. Principalmente, lo hacen en discotecas, lugares que incrementan mucho sus ganancias. En una ocasión, le pregunté a Alejandra si sentía amor por alguien o por algo. Su respuesta fue: «sí, por los bichos». Me ha dicho que le fascina tomar éxtasis y tener relaciones sexuales después. Cuando se estaba poniendo el sol, salí a caminar por el barrio para ver nuevos rostros, porque me atormentaba contemplar los mismos todos los días. Por mi vida ha pasado lo peor: quedar sin nada. Le pido a Dios que me ayude y me conceda mi único deseo, que es verte antes de morir, hija mía.

Salí del baño con los ojos humedecidos. Me dolía sinceramente no haberle dicho a mi padre lo mucho que le quería. Si algo había en mi vida de lo que realmente estaba arrepentida era de no decir las cosas a tiempo. ¿Por qué esperé hasta el último minuto? ¿Por qué? Me hacía la misma pregunta una y otra vez, esperando poder responderla algún día. Regresé al cuarto desanimada.

—¿Por qué estás triste? —me preguntó Andrea.

—Porque extraño a mis padres —respondí.

—¿Deseas regresar para verlos de nuevo?

—Ya no se puede, porque están muertos —contesté recordando el triste pasado—. Mi madre murió mientras me daba a luz, y mi padre lo hizo recientemente.

—Lo siento mucho, no lo sabía —me dijo intentando animarme—. Toma ánimo, porque aún te queda una larga vida por delante. Tenemos que pensar cómo hacer dinero rápidamente para salir de este país. Vamos a buscar el sueño americano.

—Sí, vamos a buscar algo mejor —contesté fingiendo estar animada.

Pasó una semana, y el muchacho no regresó a su casa. Yo me aburría todo el tiempo encerrada. Mi rutina se convirtió en ir de la bodega a la casa y del baño al cuarto.

Andrea tenía una bolsa llena de dinero. En ningún momento le pregunté de dónde había salido, pero supuse que de las drogas. «Cada vida tiene, por lo menos, una aventura», pensé mientras observaba el dinero. Yo estaba en la mía.

—¿Qué te parece si vendemos drogas para conseguir el dinero de una manera más rápida? —me preguntó. Yo no estaba lista para esa pregunta. «¿Qué podía decir?», me pregunté quedando en el dilema de hacerlo o no.

—Entonces, ¿qué dices? —me volvió a preguntar con insistencia. Quise mirar hacia el cielo, pero el techo lo impedía.

—Ok —respondí confundida ante la situación—. ¿Por dónde empezaremos? —le pregunté.

—Primero, iremos donde la venden —me dijo—. Alístate, que nos vamos en unos minutos. Te espero en la sala.

Pensé que vender drogas era un negocio como otro cualquiera. Y lo es, con la diferencia de que es ilegal. Tenía miedo, no sé por qué, pero lo tenía. Mientras caminábamos, sentía que la gente nos miraba como si fuésemos fugitivas. Tras media hora andando, llegamos a una estación de autobuses.

—¿Qué buscamos aquí? —pregunté a Andrea en medio del alboroto.

—Tomaremos un autobús y nos dirigiremos a Las Palmas —dijo.

Su respuesta fue clara, en Las Palmas estaba lo que andábamos buscando. Desde el autobús, el día se notaba lindo para disfrutarlo. A través de San Juan, admiré la belleza de mi primer paseo por la gran ciudad. Tomamos el expreso Román Baldorioty De Castro a través de Condado, que nos llevaría cerca de Las Palmas. Recorrimos casi una hora en el autobús y diez minutos caminando.

—No te preocupes, que podemos quedarnos en el sitio donde vamos mientras todo esté bajo control —dijo.

Me pregunté a qué se referiría con eso de «bajo control».

—Lo que tú digas; además, yo no tengo ninguna otra opción —le dije cansada del vaivén de mi vida.

Llegamos a un barrio pobre. Había muchos niños por todas partes, fue como ver un centro comercial en medio de la ciudad. Se detuvo frente a una casa que estaba más vigilada que la residencia del gobernador.

—Esta es. Aquí no entra la policía, es respetable este lugar —dijo.

Ella podía continuar metiéndome miedo o seguir hacia delante.

—Entremos, que no quiero estar aquí fuera. Me da miedo —le dije aterrorizada.

Caminamos hasta la parte de atrás, en la que había una puerta de hierro y dos hombres armados. Nos acercamos mientras Andrea sonreía a los guardias.

—La clave —dijo una voz al otro lado de la puerta.

Había visto situaciones parecidas en algunas películas, en casa de Dolores. Sin la clave, ese hombre no nos abriría la puerta.

—Andrea 3 —contestó ella con aplomo.

La puerta hizo un ruido espantoso mientras se abría. Lo que yo apenas aprendía, Andrea lo repasaba; era toda una veterana en asuntos callejeros. En cambio, calle significaba peligro para mí. Bajamos a un sótano en el que había cinco mesas con mujeres desnudas pesando y empacando en pequeñas bolsas plásticas un polvo blanco que parecía harina. En los laterales de la estancia, había hombres armados. Pasamos de largo hacia un cuarto con todo tipo de lujos en el que se encontraba un señor de unos treinta años. Era el jefe de la banda, y se estaba rodeado por bellas mujeres en ropa interior.

—Jefe, he venido porque necesito su ayuda. Me gustaría regresar al negocio —le dijo tratando de convencerle—. ¿Lo cree posible?

La miró y tardó en responder.

—Claro, tú eres de mis mejores en la calle —dijo—. Confío en ti. Solo procura no fallarme, porque si ocurre algo, las dos perderán la vida por mis propias manos.

Sus palabras fueron muy claras; especialmente, aquello de quitarnos la vida.

—El trato es a medias, como la última vez. Si acepta, me marcho ahora mismo para comenzar las ventas —dijo Andrea al jefe.

—Sí, toma toda la que desees.

—Sígueme, Teresita.

—Llámame Tere para ocultar mi identidad —le dije mientras nos alejábamos.

Andrea llenó su bolso de polvo blanco, y yo también guardé una considerable cantidad. Después, salimos de allí; yo estaba petrificada de los pies a la cabeza por el miedo.

—¿Qué es este polvo blanco? —le pregunté.

—¿No sabes qué es? ¿En qué mundo has vivido? —me preguntó—. Discúlpame, pero es que no puedo creer que no sepas que esto es cocaína.

—Te responderé solo a la segunda pregunta —le dije—. He pasado toda mi vida encerrada, sin televisor, sin radio y con una sola amiga de confianza con la que no solía hablar de estos temas.

—Vamos, Tere, que el tren se nos va —dijo.

—¿Qué tren? —le pregunté confusa.

—No seas tonta, es una metáfora —respondió ella.

Regresamos a San Juan, de vuelta a la casa que seguía deshabitada.

—¿Piensa regresar el muchacho? —le pregunté entendiendo que ella tenía la respuesta.

—Sí, siempre sucede así —dijo—. Descansa, que esta noche saldremos a vender y a ganar clientes de vuelta.

Fui a la habitación que había elegido para dormir; tenía una ventana que daba al patio. Me recosté en la cama para leer el diario, no tenía otra cosa que hacer.

21 de agosto de 2005

Hoy es domingo, y me he pasado todo el día triste, atrapada en las drogas. Anoche me fui de este mundo, y esta mañana regresé junto al conocimiento. Me violaron y no pude evitarlo, ocurrió porque yo quise. Te voy a decir lo que no he podido, aunque me duela del todo. Cuando abandoné a mi madre a los quince años, me fui porque me quedé embarazada. Esa criatura que apenas tenía vida eras tú. Un día, después de la escuela, un señor me obligó a subir a su auto a punta de pistola y a tener relaciones sexuales con él en su casa. Me amenazó diciéndome que me mataría si se lo contaba a alguien. Callé por miedo. Él lo repitió por un mes y, en medio de una de esas escenas desgarradoras, quedó sembrado en mí el fruto de esa desgracia. Mi vida, desde entonces, ha sido un infierno. Sin embargo, reuní coraje y decidí tenerte, porque tú no tenías la culpa de lo que sucedió. Perdón, hija, mi corazón te habla.

El silencio me molestaba, quería escuchar quejas; sobre todo, gemidos. Ella estuvo muy tensa. Pasó las últimas horas haciendo lo que llamaba «estrategias callejeras», mientras que yo hacía un recuento de mi pasado. Pensé en las personas a las que debí escuchar cuando me dieron algún consejo; entre ellos, la profesora María. Ella se preocupaba por mí, pero yo siempre fingía que la escuchaba, aunque muy dentro de mi interior, la ignoraba. Quizá debí hacerle caso cuando tuve la oportunidad. Ahora me siento estúpida, porque fui irracional con ella. También debí hacérselo a mi padre, que pasaba la mayor parte del tiempo hablándome de educación, pero yo evitaba esas conversaciones. «¿Cómo pensabas llegar a algo en la vida si no hacías caso de los consejos que te daban?», me pregunté mientras me preparaba para una siesta.

Andrea me despertó, la vi borrosa.

—Vamos, que es hora —dijo.

—Deja que me lave la cara.

Tenía el pelo revuelto, como una greña, y permanecía tranquila mientras observaba detenidamente cada curva de mi cuerpo.

—Vamos —le dije.

Tomamos la droga y la introdujimos en una mochila escolar. Nuestra primera parada fue a diez minutos de la casa. Allí, en una vivienda ostentosa, dejamos la mitad del cargamento. Ellos se dedicaban a comprar drogas para luego revenderlas más caras en otra zona. Andrea guardó el dinero junto al resto del cargamento que terminamos de distribuir en unas tres horas. Básicamente, fuimos casa por casa retomando a los clientes que ella tuvo en el pasado, cuando trabajaba para Rafael.

Qué suerte la mía, algo me decía que mi vida iba, al fin, por buen camino. No sé por qué, pero lo presentía. Sin embargo, antes de acostarme, me pregunté si estaba haciendo lo correcto. ¿Por qué será que, cuando uno está solo, solamente se le ocurre pensar y pensar? Le pregunté al silencio el significado de «malo» y de «bueno». Para mí, no existían esos conceptos, y pensé que todo dependía del punto de vista de cada cual. En las películas, los héroes normalmente terminan matando a más gente que los malos, y les vemos como gente buena. ¿Por qué? Sin embargo, aunque no mate a nadie, al malo siempre lo vemos como una persona mala. En la vida real, ocurre lo mismo. Otro ejemplo es el de la ignorancia del ser humano. Si yo ando en busca de mil dólares, y pido el dinero a las personas que conozco, quizá nadie me lo dé. Pero si yo me quito la vida porque lo necesitaba, posiblemente esas mismas personas dirían que me lo habrían dado. Esto sucede todos los días; en diferentes casos, por supuesto. En este momento, yo necesito ayuda más que nunca, pero tendré que buscarla por mi cuenta.

Desperté sudada, atemorizada. Pensé en lo que sería de mi vida si me deportaban. No lo sabía, pero sí sabía que no llegaría muy lejos al lado de Andrea. Quiero cambiar de rumbo, pero no tengo dónde ir. Sin embargo, la quiero y no puedo hacerme a la idea de perderla. Ella me ha ayudado mucho, y no ha pedido nada a cambio; no puedo ser tan egoísta. Me suenan las tripas. En la nevera hay fruta; esa es su pasión, la fruta. A mí me encanta comer con ella, porque la comida sabe mejor.

—¡Andrea, ¿estás aquí?! —grité tres veces, pero la casa parecía un cementerio en completo silencio. Caminé por todos lados en ropa interior, asqueada de la mugre que cubría la mayor parte de la casa. Llené mi panza de frutas. Después, subí al cuarto y volví a bajar con el diario a la sala; no quería aburrirme tan temprano.

9 de septiembre de 2005

No había llorado tanto en la vida como lo he hecho esta mañana. Quisiera escapar de la oscuridad. Quiero sacar de mi mente los delirios que perturban mis sentidos. Quiero decirle no a lo que es sí. Estoy escribiendo todo lo que cruza por mi cabeza. Acabo de tomarme un éxtasis y, antes de que me haga efecto, quiero sacar fuera todo lo poco que me queda de razonamiento. Últimamente, he perdido bastante peso, y casi siempre siento frío cada vez que ingiero estas pastillas. Me la he tomado porque presiento que los demonios llegarán a esta casa tan pronto caiga la noche. Lo sé. Tengo que encontrar la salida de este infierno, cueste lo que cueste.

Ya no tengo alas para volar, solo el valor que me da querer recuperar lo que una vez perdí. Soy un objeto sexual, alguien que solo sirve para satisfacer a perros hambrientos. No existe control, no lo hay. Si en verdad existe Dios, ¿por qué permite que sufra tanto? ¿Qué tanto cuesta la felicidad? Dímelo, dame otra oportunidad. Quizá no repararé el daño que he hecho, pero tal vez haré la diferencia entre mi vida y la suya.

El teléfono sonó de repente, y me sobresaltó tanto que casi sentí mi ser chocando con el techo del espanto. Por un instante, dudé en contestar, pero debía saber de qué se trataba.

—Buenas, ¿con quién desea hablar? —pregunté.

—Mensa. Soy yo, Andrea —dijo—. Te llamo para decirte que regreso en la noche. No salgas de la casa, porque la zona es peligrosa.

—Ok, jefa —dije. Se produjo el silencio.

—¿Me escuchas? —pregunté preocupada. Al otro lado de la línea, colgaron. No había dicho dónde estaba o qué hacía. Qué extraño. Me acosté en el mueble de la sala, el que estaba percudido. Miré hacia el techo, las paredes y el polvo que flotaba en el ambiente.

La noche llegó con los recuerdos de aquellas dos estrellas que dejaron de brillar en mi cielo; fue larga y nostálgica, y la pasé pensando en mi niñez. Mi padre hizo el trabajo de una madre. Me peinaba, bañaba, cuidaba y elegía lo que iba a vestir. Tengo que admitir que lo hizo bien. Recuerdo que, poco después de comenzar a tener uso de razón, él me contaba historias. Algunas eran reales y otras inventadas, pero no me importaba si eran ciertas o falsas, solo que me inspiraban al escucharlas. Me acuerdo de los momentos más importantes que viví junto a él. En mi juventud, llegó un tiempo en el que ya hacía todo yo sola, pues me daba vergüenza que me viese desnuda o que él me vistiese. Sin embargo, dejé que me siguiera peinando y me contara las historias de la vida. Una de ellas trataba de una bruja que se llevaba a las niñas malcriadas. Según mi padre, en el barrio existía esa leyenda, aunque para mí era algo tan real como para otros niños. En ocasiones, si yo decía alguna palabra malsonante, él me aterrorizaba diciéndome que la bruja me buscaría en la noche para llevarme, y que nunca más regresaría. Su forma de contarlo, al mismo tiempo, también me causaba risa. —¡Qué dramático!, —le decía mientras él hacía gestos. Siempre creí aquellas historias, porque parecían ser parte de su vida.

En ese momento, sentí un tierno dolor en mi pecho al recordarlo. Soy la única persona que conozco que no tiene familiares, y si los tengo, no sé nada de ellos. Bajaron lágrimas del universo de mis ojos. Recordé cuando él me habló del amor por vez primera. Me dijo que debía existir química entre los miembros de una pareja. Tuvo que inspirarse en mi madre cuando me habló ese tema, estoy segura de eso, aunque entonces no entendí a qué se refería. También me dijo que, cuando estuviese lista para entregarme a un hombre, lo hiciera a alguien especial, porque eso es algo que nunca se olvida. Ahora pienso que le deshonré, porque no sucedió así. Todos necesitamos dejar atrás el pasado, pero yo no puedo, por el simple hecho de que me es imposible olvidar; no puedo escapar de los únicos recuerdos que me empujan a seguir adelante.

Siempre soñé que mi primera vez sería en una cama llena de rosas, con las ventanas abiertas y las cortinas mecidas por la cálida brisa que soplaría en ese momento. A lo lejos, se escucharía una dulce melodía mientras yo hacía el amor con mi príncipe azul como en un cuento de hadas. Pero todo fue al revés, en un cuarto oscuro, sin ruido y con un hombre que nunca me interesó; un recuerdo desgarrador que llevaría por siempre y que, de seguro, nunca compartiría con nadie. Por un lado, me arrepentía de haberlo hecho, pero por el otro, tenía que agradecerle a la vida que hubiese pasado aquello, porque me permitió encontrar una forma de sobrevivir.

Regresé de vuelta a mi cuarto empapada de dolor y me senté en la cama apoyada en la pared. Lloré los recuerdos, el momento y parte del futuro. Me pareció estar concentrada en la puerta que se había cerrado, pero ignoraba lo que se escondía tras la que se había abierto. Me quedé dormida después de agotar todas mis energías luchando contra el pasado.

Soñé lo imposible, que mis padres me llevaban a comer un helado. Lo curioso es que mi madre me daba la espalda en todo momento. Mi padre no hablaba, todo era silencio, y no avanzábamos por más que caminábamos. Finalmente, llegamos a un parque desolado, y mi madre se alejó de nosotros, pero pude oírla decir: «Te estaré cuidando desde aquí».

De repente, desperté con el ruido que hizo la puerta del cuarto al abrirse.

—¿Qué te sucede que estás tan sudada y con los ojos rojos? —me preguntó Andrea embutida en su lindo vestido rojo.

—He estado llorando y, para colmo, he soñado con mis padres —le dije—. Mi vida es salir de un laberinto para entrar en otro.

—¿De qué hablas? —me preguntó.

—De problemas, ¿de qué si no? —le respondí. Me pareció que ella no me entendía del todo.

—Levántate y vamos a darnos un baño, que tengo buenas noticias.

El agua estaba fresca, la piel se me puso de gallina. Rocé mi piel contra la suya, pero ella no dijo nada. Empezó a frotar su cuerpo con una esponja vieja, y yo se la quité y restregué su espalda.

—¿Y cuál es la buena noticia? —le pregunté con ansia.

—El dueño de la casa me ha dicho que, por treinta mil dólares, nos hace los papeles a las dos —me dijo—. La buena noticia es que tenemos más de la mitad del dinero, pero tenemos que hacer otra venta grande para completar la cantidad. Él vendrá esta noche con un amigo a tomarnos las fotos para los pasaportes.

—¿Cuándo piensas hacer esa otra venta? —le pregunté. En ese momento, me preocupaba más conseguir el dinero que pensar en que iba a hacerlo vendiendo drogas.

—Mañana temprano vamos a buscarla, y la vendemos en la noche.

—Ok, jefa —respondí con gesto alegre.

Yo siempre decía que nunca tendría valor para matar o hacer cosas como esas. Una vez, mientras hablábamos de estos temas, Dolores me dijo que una cosa es lo que dice el burro, y otra, quien lo apareja.

Siete

En nuestra osadía buscando el sueño americano, Andrea recibió un tiro a quemarropa en el pecho. Me hubiese gustado que aquella fuese una de esas historias irreales que mi padre me contaba, pero no fue así, la viví en carne propia. Los disparos se confundieron con el miedo. Todo pasó muy deprisa, y solo pude oír a alguien gritando a lo lejos: —¡Ladrona, puta! Reconocí inmediatamente aquella voz, era la de Rafael.

Andrea cargaba la droga en la mochila escolar, y me pidió que no la acompañara donde iba a dejar todo el cargamento; era una casa que parecía abandonada, pero no lo estaba. Unos minutos más tarde, las balas salieron de todos lados, y una de ellas cambió su vida. No sé qué pasó. El ruido del tiroteo hizo que alguien llamara a la policía; al poco tiempo, llegaron algunas patrullas y una ambulancia.

Tenía miedo, porque pensaba que la policía me interrogaría y yo no sabía qué decir. Andrea fue llevada al hospital, donde la introdujeron en el quirófano sin pérdida de tiempo. Lloré sin consuelo, sintiéndome sola. «Dios, ¿qué hago? No tengo escapatoria, creo que me van a deportar y que volveré a una vida sin salidas», pensaba mientras aguardaba en la sala de espera.

Regresé de vuelta a casa, y solamente se me ocurrió llamar a Dolores. Los timbrazos del teléfono me recordaron el sonido de las balas.

—Sí, ¿quién habla? —preguntó Dolores.

—Es Tere —respondí.

—¿Qué pasa, que te noto alterada?

—Le han pegado un tiro a Andrea, y está grave —le dije—. La están operando en este momento. No sé qué hacer, amiga. Ayúdame.

—Cuéntame todo lo que ha pasado para que pueda ayudarte.

Parecía simple, pero no sabía cómo decirle que Andrea vendía drogas y, peor aún, que yo también lo hacía.

—Es una larga historia. Te la voy a contar, pero júrame que no se lo vas a decir a nadie.

—Te lo juro —aseguró.

—Hemos estado vendiendo droga para hacer dinero y comprar los documentos con los que poder viajar a los Estados Unidos —le dije—. Anoche fue la última venta, pero no sé qué pasó que se armó un fuerte tiroteo. Por suerte, yo estuve escondida todo el tiempo.

—Cálmate, amiga, y mantenme informada sobre Andrea —me dijo comprendiendo la situación—. Me imagino que la policía te va a hacer preguntas. Diles que tú solo pasabas por allí cuando todo eso ocurrió, y mantén esa frase, no la cambies. Yo ya sabía que Andrea no trabajaba en un supermercado; su madre, también. Siempre fue una niña rebelde.

—Gracias, amiga, te debo una.

La policía me sorprendió en la sala de espera cuando regresé al hospital. Al principio, gagueé contestando a sus preguntas, y ellos apuntaron todo lo que respondía. Cuando me preguntaron por mi dirección, les di la de Rafael, la única que conocía en Puerto Rico. Tres horas después de haber sido ingresada, trasladaron a Andrea a la sala de recuperación. Viéndola allí, durmiendo, me pregunté si se piensa en estado de coma. El doctor me dijo que quizá no podría salvarse, ya que la bala había destrozado algunos órganos vitales. Al menos, eso es lo poco que pude entender de toda la terminología médica que usó. Salí del cuarto para pensar en lo que debía hacer antes de que la policía supiese toda la verdad. La decisión que tomé quizá fuera injusta, pero lo cierto es que Andrea no se iba a recuperar pronto, y eso solo me dejaba la única alternativa de abandonar el país.

Volví junto a ella y me arrodillé tomando su mano izquierda. Estaba muy fría; según lo que había aprendido en la vida, eso ocurre cuando uno está muerto o se va a morir.

—Maldito dinero —dije en voz baja apretando los dientes—. Maldita sea la hora en que abandoné mi tierra. Andrea, mi amor, despierta que te necesito. Tengo que decirte que te amo. ¿Qué haré sin ti, mi amor? Dime, ¿qué haré? —añadí esperando un milagro.

Esa fue la noche más larga de mi vida después de la que siguió a la muerte de mi padre. Por segunda vez, se habían juntado las dos fuerzas más grandes de la vida: el amor y la muerte. Tomé dos éxtasis que había en la mochila con la equivocada idea de que me ayudarían a dormir. La cabeza comenzó a darme vueltas, y los sentidos se fueron lejos. Algo así debía de sentir la madre de Evelyn, la autora del diario que había encontrado en la playa, cuando tomaba drogas. De vuelta a casa, quería morirme. No tenía necesidad de seguir viviendo. «¿Para qué, si no tengo amor?», pensé.

Me encontraba en mi habitación cuando oí ruidos en la sala. No me alegré, pues sabía muy bien que no eran de Andrea. «¿Quién será?», me pregunté. Bajé las escaleras despacio, temiendo que se tratara de un robo. Me encontré al amigo de Andrea entrando por una ventana.

—Me has asustado. ¿Por qué no has tocado la puerta?

—Disculpa, pero no estoy acostumbrado —dijo sobresaltado—. No quería despertarte, he venido a entregarte el pasaporte.

—El dinero está en la mesa. ¿Has traído también el de Andrea?

—Lo siento, pero Andrea ha muerto temprano esta madrugada —me respondió dejándome aturdida ante la noticia.

—¡No puede ser cierto, ella no puede morir! —exclamé.

El mundo desapareció ante mí, y caí sentada en la escalera, sin ánimo. Ya no tenía más lágrimas que derramar, pero mi corazón latía suavemente, con control.

—Así es. Lo siento mucho, yo también la quería —dijo intentando consolarme—. Toma tu pasaporte y alístate, que esta tarde pasare por ti para llevarte al aeropuerto. Tienes que salir del país lo antes posible.

Se fue cerrando la puerta tras de sí, y yo no pude decirle adiós; ni a él, ni a Andrea. No podía creer que esa bala decidiera su destino. Miré a la mesa, y advertí que él había tomado todo el dinero, pero no me importó. Volví a mi cuarto, no había preguntas ni respuestas. Tomé éxtasis para olvidar lo que no podía sacar de mis pensamientos. Sentada en la cama, antes de que la droga hiciera efecto, pensé que el dinero no lo es todo en la vida. Pero, ¿por qué es tan importante? Puede decirse que por lo menos el 99,99 por ciento de los problemas de la vida están relacionados con el dinero. «¡Qué absurda realidad!», pensé. Me sentí mareada, y la vista se me nubló.

—Levántate, que es tarde —escuché decir al muchacho mientras regresaba de mi sueño.

—Ayúdame a preparar mis cosas mientras me baño, por favor —le dije.

El agua estaba fría. Me bañé deprisa.

—Tus ropas están en la maleta —me dijo al volver al cuarto.

—Espérame en la sala —le contesté.

Me arrodillé y pedí a Dios que tuviera a Andrea en su gloria.

—¡Date rápido! —le oí gritar.

—¡Voy!

Desde el carro, miré cómo mi pasado quedaba atrás, como era de ser. Lo que no podía terminar de creer era por qué me ocurrían tantas cosas malas. «¿Qué le había hecho yo a la vida para que me pagara de esa forma?», me pregunté.

—Yo estaba en la casa cuando todo empezó —dijo el muchacho con lágrimas corriendo por sus mejillas—. Andrea le dijo a Rafael que lo había dejado por mí, y que era un idiota que no merecía estar vivo. Poco después de llegar a Puerto Rico, ella comenzó a salir conmigo a escondidas. En una noche de aventura, Rafael nos sorprendió en la cama, en mi casa. Desde entonces, se convirtió en mi enemigo y quiso arrebatarme su amor diciendo que ella le pertenecía. Andrea se convirtió en otra persona, y tan pronto cambiaba de hombre como lo hacía con las drogas. Para ella, había que vivir la vida con la mayor intensidad posible y conseguir el mayor placer que pudiera. Si embargo, yo la quise como nunca pensé que podría querer a alguien.

Hizo una pausa.

—No llores, recordémosla por lo que fue —le dije.

—Sí, gracias —contestó—. Ella fue feliz a tu lado, y te amó como no te imaginas. Las noches en las que salía era para estar conmigo.

—Ahora lo comprendo todo, ella vivía como deseaba.

—Escúchame claro, toma este dinero para que puedas sobrevivir en los Estados Unidos —dijo ofreciéndome ayuda—. Todo está listo en el aeropuerto de aquí; no tienes que hacer nada, yo me encargaré de todo. Cuando llegues a los Estados Unidos y salgas del avión, un señor llamado Ricardo García te estará esperando; llevará un letrero con tu nombre. Él te ayudará en todo lo necesario cuando uno llega por vez primera, empezando por llevarte al apartamento de una prima mía que vive en Manhattan. Ya he hablado con ella, y espera tu llegada.

—Lo recordaré, gracias de todo corazón por tu ayuda —le dije con gratitud.

Una hora después, tenía las nubes a solo unos pies de distancia. Sin duda, el dinero te da poder. Puede comprar la felicidad, pero también arrebatarte tus sueños en un momento, sin avisar. Me quedé mirando a Puerto Rico a través de la ventanilla hasta que desapareció de mi vista.

—¿Desea tomar algo? —me preguntó la azafata.

—Sí, algún licor.

—Un trago de güisqui son cinco dólares.

—Entonces, dame dos —le dije tendiéndole diez dólares.

El güisqui no me ayudó a olvidar, pero sí a calmar los nervios. Quise llorar, pero no pude; quise reír, pero tampoco. Por último, intenté dormir y me fue imposible. Me pasaba la mano por la cara y me mordía los dedos con ansiedad. Finalmente, pude dormir con la ayuda de los güisquis, aunque solo fue un momento.

No sé por qué las personas se apiadan de uno en los peores momentos. ¿Por qué? ¿Por qué esperar a que ocurra algo para ayudar al prójimo? Nunca he podido comprenderlo. Otra cosa que siempre me ha intrigado es todo lo que pensamos pero nunca decimos. El ser humano es extraño, no cabe duda; hasta su misma existencia es extraña. Hemos pasado nuestras vidas tratando de descifrar de dónde venimos, y quizá terminaremos en el intento. En el caso de Andrea, quizá le corrió a las responsabilidades desde su llegada a Puerto Rico. Si hubiese buscado otras formas de libertad, de mejorar su vida, posiblemente habría encontrado la felicidad, pero se confundió, al igual que yo. Yo creí haber llegado al paraíso, pero lo que viví fue el mismo infierno.

Dicen que el ser humano tiene dos caras: la buena y la mala. Yo creo que eso es mentira, porque actúa dependiendo de la situación. Se piensan muchas cosas en un avión; especialmente, cuando estás aburrido. El muchacho me dijo que actuara con normalidad durante el viaje, pero se me hacía difícil hacerlo. No llegué a saber su nombre, él no me lo dijo. Sin duda, sintió por Andrea el mismo amor que creció en mí, lo que no significa que sienta celos. Es el primer hombre al que he visto llorar por una mujer; fue un momento muy triste en el que la soledad inundó su corazón.

Miré mi pasaporte, ya no era dominicana. Nombre y apellido, Teresita Sánchez. Nacionalidad, puertorriqueña.

Me recliné en el asiento. Mi nivel espiritual estaba fuerte, y podía sentir que alguien me protegía; por un instante, imaginé que podía tratarse de mi madre. Quizá aquel sueño fue una advertencia de que, pronto, algo iba a pasar. No sé. «¿Por qué soñamos?», me pregunté. Probablemente, para estar aún más confundidos.

El viaje duró casi cuatro horas, tiempo suficiente para reflexionar. Pensé que todos los sacrificios que había hecho mi padre no podían ser en vano. No. Mientras el avión descendía, el sol hizo lo propio.

Ya en la terminal, tomé el equipaje de mano y seguí a los demás pasajeros. Al salir, Ricardo García estaba esperándome.

—Buenas tardes y bienvenida a los Estados Unidos —dijo amablemente.

—Gracias —respondí.

Supe que era él porque su nombre estaba en una tarjeta de identificación que colgaba de su cuello.

—Sígueme y te llevaré a la sala donde se hacen los trámites a las personas que llegan por vez primera a este país—dijo con una sonrisa.

—¿Cómo se llama el muchacho que te pidió que me ayudaras? —le pregunté. Su respuesta era muy importante para mí, no sé si él lo advirtió.

—Me gustaría decírtelo, pero él me indicó expresamente que no lo hiciera para protegerse —dijo—. Yo le debo mucho, y no pienses que oculto su identidad porque él crea que vas a hacerle algo malo; no es así. Al igual que tú, yo le debo mucho —repitió.

—Lo comprendo, gracias por hacérmelo saber —le dije.

Comprendía que, en el mundo en que el muchacho vivía, ocultar la identidad es algo absolutamente necesario para mantenerse vivo.

Salimos del aeropuerto internacional de Newark, en Nueva Jersey, tras lo que aquel hombre me indicó que subiera a un automóvil que estaba esperando y se despidió. Así lo hice, y el auto arrancó dirigiéndose a la carretera interestatal I-95 norte.

Pedí al chofer que bajara los cristales.

—¿Qué temporada es? —le pregunté.

—Es verano, pero pronto acabará —dijo—. No ha sido tan cálido como el anterior. Se dice que la atmósfera cambia cada año —agregó.

—¿Se refiere a la capa de ozono? —volví a preguntar.

—¡Ah, sí! —respondió.

Seguía inquieta y preocupada, y me impresionó ver tantos automóviles en la carretera. Él subió el volumen de la radio y movió el dial hasta dar con una emisora hispana; sonaba una bachata clásica de los años 80. En ese momento, pude ver extenderse ante nosotros el puente Washington. En una ocasión, vi un póster de ese puente en Puerto Rico, pero entonces no me pareció tan enorme.

—¿Sabes por qué le dicen a Nueva York la ciudad de los rascacielos? —me preguntó.

—No, ¿por qué?

—Por sus enormes edificios —respondió—. Si los miras desde abajo, verás que parecen estar rascando el cielo por su altura.

Colocó la direccional hacia la izquierda dirigiéndose a la calle Broadway. Estábamos en el corazón de Manhattan. «¡Qué hermosa ciudad!», grité en mi interior. Las calles parecían mercados como los de la República Dominicana por la multitud de personas que las recorrían. Pensé en mi madre, y sentí un orgullo que rompió la tranquilidad que me rodeaba. De mis ojos salieron unas cuantas lágrimas de alegría. No podía fallar a mis padres, no. Mi madre, que en paz descanse, sacrificó lo más grande por mí: su vida. Valía la pena hacer todo lo posible para no deshonrar ese sacrificio. Tenía que prepararme mentalmente para salir adelante, tenía que hacer todo. «Andrea, donde quiera que estés, amor, siempre estarás en mi corazón. Qué lindo hubiese sido estar contigo en este momento». Deseé tenerla, aunque solamente fuese en mis pensamientos. No sabía si había nacido con mala suerte, porque todos los que me rodeaban terminaban muertos. Mantuve la idea de que no era así.

El auto se detuvo. Miré aquel edificio mezcla de color blanco y verde claro.

—Es aquí donde usted se queda —dijo el conductor—. Esta es la dirección, 152 Sherman Avenue. La esperan en el apartamento 33, tercer piso.

—Gracias, ¿cuánto le debo?

—Nada, ya me pagaron —contestó—. Ve con Dios y sonríe, que eres más linda así.

Sus ojos se clavaron en los míos, y pude ver en ellos algo lindo, algo noble. Su mirada no tenía malicia ni interés.

—Gracias, lo haré —le dije.

Tomé la mochila escolar y el bulto roto que había llevado a Puerto Rico. El aire era cálido, el día claro y el cielo desplegaba su hermoso azul. Presioné el timbre correspondiente al apartamento 33. La puerta hizo un sonido y la abrí. Subí las escaleras hasta el tercer piso.

La puerta del apartamento estaba abierta. Entré, pero no parecía haber nadie allí.

—¿Hay alguien aquí? —pregunté en voz alta.

—Espérame en la sala, que me estoy cambiando —dijo una muchacha desde su cuarto.

—Está bien —respondí.

El apartamento estaba limpio. Las ventanas tenían cortinas blancas y el piso de madera brillaba. Parecía que su propietario estaba obsesionado con la limpieza. La pintura de la pared combinaba con los cuadros y las cortinas.

—Disculpa la espera, mi nombre es Isabel. ¿Cuál es el tuyo?

—Teresita —respondí mirándola fijamente.

—Siento mucho lo que le pasó a tu amiga Andrea —dijo dándome un abrazo.

—Gracias —contesté mientras sentía su tibio cuerpo sobre el mío.

—Aquí solo hay un dormitorio. Puedes dormir conmigo en la misma cama o en un sofá de la sala, si lo prefieres —dijo—. Entra en el cuarto y coloca tus cosas en el armario. En la cocina tienes comida, estás en tu casa. Siéntete cómoda y no tengas vergüenza en hacer lo que desees. Yo vivo sola y no tengo a nadie en este país, como tú.

—Que Dios te bendiga y gracias por tu ayuda —dije agradecida—. Trataré de trabajar lo más pronto posible para ayudarte con los gastos.

—Tranquila, que aún te falta mucho por aprender antes de trabajar. No creas que acabas de llegar al paraíso, porque quizá más tarde pensarás que es el infierno —dijo dejándome confundida con ese comentario.

Entonces, pude sentir por un instante algo en ella. Me pareció que, tiempo atrás, la vida le había dado su otra cara.

Ocho

Pasaron dos meses, e Isabel no conseguía encontrarme una ocupación. En varias ocasiones, me había dicho que esta ciudad era el lugar donde las naciones se unían, y era cierto. En sus calles, podía ver gente de todas las partes del mundo, pero también comprobé que no es oro todo lo que brilla.

Por las tardes, le guardaba la comida, lista para cuando llegara del trabajo. Yo no había vuelto a cocinar desde que murió mi padre. En las mañanas, en ausencia de Isabel, leía el diario y la Biblia. Buscaba conectarme con Dios y, de algún modo, purificar mi alma. Se dice que uno ya es pecador por el mero hecho de nacer, pero mis pecados tenían perdón, como los de cualquier otro ser humano. Mi padre me enseñó que, en la religión católica, es bueno arrepentirse para liberar las cosas malas y permitir que el Señor entre en nosotros. Eso era exactamente lo que yo trataba de hacer.

Ese día por la tarde, compartí con Isabel. Ya era primero de noviembre, y sentía el frío en los huesos. «Seguramente, Dios tiene un plan para mí», pensé.

Una semana después de la muerte de Andrea, le comenté a Dolores lo sucedido. Ella, al igual que yo, lloró. Su madre lo supo el mismo día de su muerte, y se quedó completamente abatida. Su única hija se había ido de su lado, para siempre. En su funeral, usaron las palabras clásicas: había sido una buena hija, amaba a todo el mundo, era simpática, tenía buenas amigas, no se metía con nadie, etc. Pienso que, en realidad, su madre nunca conoció a fondo a su propia hija. Ella era, probablemente, un ser que se preocupaba por el prójimo. Lo comprobé por la hospitalidad que me brindó y por aquella vez que me dijo que se preocupaba por su madre. Sí, eso fue ella, alguien que merecía ser recordado. Leí varios pasajes bíblicos en su honor.

La semana siguiente comencé a preocuparme, porque me quedaba poco dinero del que había traído, y el trabajo escaseaba. Era tarde aquella noche en la que leí la última página del diario.

14 de febrero de 2006

Hoy es día del amor y la amistad. También es el día más triste de mi vida. Decir por qué es innecesario. Estoy cansada de vivir una vida para otros. Solo soy un objeto que usan para satisfacer sus necesidades. Mi hija, te he buscado por todos los rincones de Puerto Rico y no he podido encontrarte; quizá la vida quiere que así sea. Desde hoy, dejaré de existir. No aguanto la soledad. Cada día que pasa lo vivo en tormentos y angustias. Si tan solo tuviese una pista de dónde estás o, por lo menos, saber que has podido leer estas palabras, me iría con una sonrisa. Pienso que será lo contrario. Evelyn, que Dios te bendiga. No tengo palabras para decirte cuánto lo siento. Espero que algún día nos encontremos de nuevo.

La última oración también la dediqué a mis padres. Tengo fe en que su madre quizá se arrepintiera de quitarse la vida. Desde el comienzo del diario, afirmaba que iba a buscarla hasta encontrarla. La última oración fue la que más me conmovió y, por un momento, sentí como si se la hubiese dicho a mis padres. Estaba en la sala, viendo el televisor arropada de pies a cabeza con una frisa. La calefacción está prendida.

—¿No puedes dormir? —me preguntó Isabel mientras se acercaba.

—No, la cabeza me da vueltas de tanto pensar, y no tengo sueño.

—Ven al cuarto conmigo —dijo.

En ese instante, me recordó a Andrea. Recordé la ocasión en la que me invitó a su cuarto por primera vez. La extrañaba bastante, y todas las noches deseaba tenerla en mis brazos.

—Deja que tome la frisa y la almohada —le dije.

Caminé detrás de ella a paso lento. No sé si ella sabía lo que pasó entre Andrea y yo. Su cuarto era hermoso, y parecía decorado como para una escena del Kamasutra. Me envolvió con su frisa y colocó su mano derecha sobre mi hombro.

—No tengas miedo, que no soy lesbiana —dijo.

Quedé muda, no hubo necesidad de responder a su comentario.

—¿Has pensado alguna vez en estar con una mujer? —le pregunté.

Guardó silencio, el único ruido en la estancia era el del reloj de pared.

—No —contestó—. Deja de hacer esas preguntas, que me siento incómoda, y duérmete.

El domingo de esa misma semana me entró la desesperación. El hecho de no conocer a nadie más en la ciudad me obligaba a tomar una decisión drástica: tenía que buscarme la vida de alguna forma. Días después, una semana antes de Acción de Gracias, Isabel hizo su mejor intento por buscarme mi primer trabajo legal. Pudo conseguirme un trabajo, y así llevó tranquilidad a mi vida. Me acompañó a una agencia de empleo situada a dos manzanas de nuestro edificio. El trabajo no era el mejor del mundo, pero me sentía agradecida por tenerlo. Estaba en la ciudad de Edison, en Nueva Jersey; de lunes a viernes, ocho dólares la hora. Una furgoneta llena de trabajadores hispanos nos recogía a eso de las cinco y media de la mañana para comenzar a las siete. La mayor parte de esos trabajadores eran inmigrantes ilegales. A los pocos meses de estar viviendo en los Estados Unidos, podía escuchar por todos lados lo mal que trataban a los ilegales en los trabajos. Yo lo viví en persona. Nos pagaban poco, y casi todos mis compañeros tenían dos trabajos para poder sobrevivir. Marina, una de las ilegales, me contó un día todas las fronteras que había cruzado, y lo mal que lo estaba pasando tan lejos de su familia. En busca de un futuro, tuvo que abandonar a sus tres hijos. Yo lloré en mi interior, porque su historia también era la mía.

Desde la ventana del apartamento, el día se veía soleado y agradable. Parecía incluso tropical, pero se sentía como el Polo Norte al salir a la calle. El país es engañoso hasta en su clima. Ese lunes no tenía ganas de trabajar. El trabajo era en un almacén de perfumes, en el que me encargaba de escanear, empacar y colocar etiquetas en las cajas. No tenía calefacción, y los dueños trataban a los trabajadores como si fueran animales. Cada cual tenía una queja, la mía era que no entendía por qué nos trataban así, y no podía mantenerme con un cheque de doscientos dólares semanales que ganaba con mucha presión y sacrificio. John, el supervisor, echaba a más trabajadores a diario que ilegales deportaba la Inmigración. Para su desgracia, Marina fue la siguiente víctima de su crueldad esa misma semana, pero eso me dio coraje. No podía permitir que me tratasen como basura, que alguien que ni siquiera me conocía arruinase mi felicidad.

No podía soportarlo, odiaba la pobreza. Mi vida había estado llena de tragedias, pobreza y fracasos. No podía continuar viviendo así. «Me arriesgaré y volveré a las drogas», pensé. No sabía qué opinaría Isabel, pero de todos modos, se lo contaría. En ningún momento le conocí novio alguno, y ella tampoco me habló de su pasado. No entiendo cómo terminó viviendo sola. No sabía absolutamente nada de su vida personal.

Al llegar la tarde, ella regresó del trabajo. La esperé en la sala para interrogarla.

—¿Cómo te fue en el trabajo? —le pregunté.

—Bien, gracias.

—¿Trabajaste hoy? —me preguntó.

—No, y no pienso regresar a ese maldito lugar en el que le tratan a uno como a un animal —respondí—. Déjame decirte que ese es uno de los miles de trabajos en los que tratan a la gente como basura. Prefiero vender drogas y hacer dinero rápido sin la humillación que estoy pasando.

Quizá exageraba la situación, pero así la sentía. Ella se quedó petrificada.

—Mi primo me contó la vida que tuviste en Puerto Rico —dijo tratando de desviarme de mis intenciones—. Si así quieres vivir, puedes hacerlo. Recuerda que cada cual elige cómo terminar su vida. No podemos echarle la culpa al destino, porque somos nosotros quienes lo creamos.

—Lo comprendo. ¿Puedes contarme algo de tu vida? —le pregunté. La sentí nerviosa, se sentó y miró por la ventana.

—Yo vivía con mis padres en el Bronx —dijo mientras su voz cambiaba—. Hace dos años, mi madre murió de cáncer y quedé viviendo con mi padre. Al año siguiente, me mudé aquí con un novio que tuve. Tres meses después de estar viviendo con él, supe que tenía otra novia en Nueva Jersey. Le eché de casa y se fue a vivir con ella. Una semana después de que eso ocurriera, quise regresar con mi padre, pero él se había vuelto a Puerto Rico. Solo recuerdo que me dijo que cada uno es dueño de su destino, y que debemos encontrar las soluciones a nuestros propios problemas. Me dijo claramente que los fracasos también son parte de nuestra felicidad. Sinceramente, sus palabras fueron muy emotivas.

—No llores —le dije mientras la abrazaba—. Se dice que, detrás de cada tristeza, también existe una sonrisa.

Isabel no era un robot, sino un ser humano que vivía porque creía en algo. Yo confiaba en mí, y también tenía sueños que alcanzar. Mi madre creyó en mí aun sin conocerme.

Esa noche dormí en el sofá. Pensé, pensé y pensé en cosas en las que no debía pensar, en cómo hacerme millonaria y salir de la pobreza. «No tengo estudios, y no puedo vivir una vida de cheque en cheque», seguía analizando la situación. «Madre, ¿dónde estás? Te extraño, siento que no puedo pelear sola esta batalla. Ayúdame o indícame la dirección correcta», pensé con tristeza. «Tengo frío, estoy desesperada y triste. Dios, no quiero vida si es para vivirla así. Mejor, llévatela. ¿Para qué vivir sin felicidad, sola? ¿Qué tan buena es la vida así?». Me puse a leer la Biblia, quizá allí encontraría las respuestas a mis preguntas.

—Buenos días, linda —me dijo Isabel despertándome—. Levántate, que hace un día hermoso.

—Buen día, ¿no piensas trabajar hoy? —le pregunté.

—No, hoy estoy cansada y, además, quiero quedarme en casa —respondió.

—Ok, entonces estaremos las dos compartiendo juntas.

—El sábado que viene voy a celebrar mi cumpleaños —dijo entusiasmada—. Vendrán familiares y compañeros de trabajo. Mi deseo es que les conozcas.

—Que Dios te escuche —le dije—. ¿Vas a hacer desayuno?

—Claro, tengo hambre.

Isabel, en casi todas sus formas, me recordaba a Andrea, salvo que Isabel era tranquila y analizaba sus movimientos antes de hacerlos.

La siguiente tarde, ella regresó después de haber pasado un día de compras. Siempre que compraba ropa, se la ponía y pedía mi opinión.

—¡Qué tantos trapos compras, vas a hacer explotar el armario! —le dije.

—Me encanta ir de compras. Si fuese por mí, me gastaría todo el dinero.

—¡Ah, qué graciosa!

El día de Acción de Gracias cocinamos lo tradicional: un pavo horneado y un banquete típico. No sé por qué lo del pavo, pero de acuerdo con la tradición, casi todas las familias estadounidenses cocinan un pavo ese día. Isabel me contó que ese día se celebraba para dar las gracias a Dios todopoderoso por todas sus bendiciones y misericordias durante el año. Su nombre lo decía todo.

Hoy es viernes, e Isabel está a horas de cumplir un año más. Me siento alegre por ella. Me inspira ver a alguien tratando de reconstruir montañas derrumbadas. Ella es fuerte, y por más obstáculos que le ponga la vida, no le impiden seguir hacia delante. Temprano en la mañana, salió a buscar los preparativos para la fiesta. Ayer me confesó que estaba dispuesta a vender drogas conmigo si era para mejor. Ella, al igual que yo, estaba cansada de los abusos de los trabajos; además, su vida dependía de un cheque. Me dijo que en su vida no existía la alegría, y que estaba lista para que Dios se la llevara. Aquel día no fue a trabajar, y tampoco pensaba regresar.

La noche llegó fría, como las anteriores, y empezamos a beber cervezas. Botella tras botella, y risas tras risas. Los llantos desaparecieron y olvidamos los problemas del trabajo; queríamos vivir el momento. Estábamos cansadas de vivir navegando sin rumbo en un mar sin final. Lloramos, nos reímos y hablamos estupideces. Mientras pensaba en la posibilidad de hacerle el amor en la sala, recuerdo que nos dimos unos besos. Ella los rechazó al principio, pero yo conseguí convencerla. Tumbada en el sofá, Isabel estaba ebria, y yo me aproveché para poseer su cuerpo. Gemía lentamente mientras mi lengua pasaba por su oreja derecha. Su cuello era su punto débil, el centro de la batalla.

—Detente —dijo mientras sus ojos seguían cerrados, pero yo no quería apagar la llama que ya estaba encendida.

—¿Por qué, si siento que te está gustando? No tengas miedo, y déjate llevar —le respondí.

Mis palabras fueron suaves, y se las susurré al oído. Sus gruesos labios invadieron los míos con pasión y deseo. Yo era una experta en seducción, y todo gracias a Andrea, mi maestra en el amor.

—¡Qué perra eres, me tienes mojada! —dijo transformada en otra persona—. ¡Chúpamela, perra, maldita sucia!

Aquellas horribles palabras me excitaron al máximo. Le quité su vestido rojo, y contemplar su ropa interior me hizo arder en llamas. La braga tenía una etiqueta en la que ponía Victoria's Secret.

—¿Qué quiere decir esto? —pregunté curiosa.

—El secreto de Victoria —respondió.

—¡Qué interesante!, ¿y cuál es el tuyo?

—Para qué decir, si ya tú lo averiguaste —dijo con su mirada serena clavada en la mía. Nos reímos juntas, y pude sentir que estaba disfrutando.

—Ven a mi cama, que este sofá es un poco incómodo —dijo. La obedecí como si fuese mi ama. Fue a la nevera y trajo un pote de miel. Lo dejó a mi lado.

—Quítame la ropa interior. Quiero que untes con miel todo mi cuerpo, que pienses que soy tu aperitivo favorito y que me comas entera —me ordenó.

Asentí y le bajé la braga con la boca. Unté un poco de miel en su sexo. Mi lengua sintió la mezcla de lo salado con lo dulce, un sabor exquisito. Mientras más chupaba, más gritos suaves salían de su boca. Entonces, pensé en Andrea, en que estaba traicionando al amor que sentía por ella. Aquellos pensamientos rompieron el lazo de excitación que ataba a mi cuerpo. Subí hasta sus senos y me detuve.

—¿Qué sucede? —me preguntó.

—No puedo mentirte, pero es que extraño mucho a Andrea. Ella y yo hacíamos esto a menudo —dije—. Todavía no he podido olvidarla, y la sigo amando como el primer día.

—Lo sé, mi primo me dijo lo mucho que ustedes se querían —dijo comprendiendo la situación—. Abrázame. Quiero que sepas que yo también te quiero. Siento que tú has traído algo lindo a mi vida. Gracias por darme la fuerza que no tenía.

No hubo más palabras, solo algunos suspiros minutos antes de quedarnos dormidas.

Era sábado, el día más importante en la vida de Isabel. Para mí también era importante, porque su felicidad era parte de la mía. La noche anterior sentí que mi vida no perturbaba la suya. «¡Qué alegría siento ahora, mi Dios!», pensé. «Gracias de nuevo».

El apartamento estaba hecho un desastre, pero mi corazón está siendo reconstruido por los mejores ingenieros y arquitectos. Ella ocupaba todo en uno, un ser que valía por muchos. Siguió durmiendo, reposando como un ángel y, antes de levantarme de la cama, velé su sueño por un rato. Mi padre también acostumbraba a velarme cuando yo dormía. Recuerdo, en una ocasión, que me dijo que quien vela el sueño de alguien es porque le quiere muchísimo y le importa bastante. Mi padre no se equivocaba. Estaba en lo cierto, porque entonces lo estaba viviendo. No era un cuento de hadas, sino la realidad más linda que viví después de Andrea. No quería bajarme de esa nube, no pensaba renunciar tan fácilmente.

A la puesta del sol, llegó la hora más esperada. Los globos coloreaban la sala, y el apartamento se vistió con colores festivos. Antes de comenzar con los arreglos de la fiesta, me entró el deseo de hablar con Dolores.

—Hola, ¿quién habla? —contestó en la segunda timbrada.

—Soy yo, loca. Tere. ¿Qué inventas? —le pregunté. Pude escuchar sus reproches por no haberla llamado antes.

—¿Ganaste la lotería? —me preguntó burlonamente—. Pensé que habías desaparecido de este planeta. Tere, recuerda que te quiero. Cuéntame, ¿cómo te va por allá?

Su alegría se sumó a la que yo ya sentía, y mi alma se llenó de paz.

—Te confieso que soy feliz —le dije compartiendo ese momento mágico—. Mi vida ha cambiado. No sé si lo entiendes, lo que quiero decir es que no puedo pedir más. Soy feliz, y es gracias a Dios.

—Me alegra escuchar eso, pero tampoco te olvides de mí —dijo—. La casita de tu padre se ha quedado abandonada. Nadie vive en ella, y parece un desierto. Cuando paso ante ella, puedo sentir como si tus padres aún vivieran, y sonrío recordando los gratos recuerdos. Aquí no tengo una amiga comparable a ti. Que Dios te proteja de todo lo malo.

—Gracias, hermanita, yo también te quiero —le dije—. Hazme un favor y llévales flores a mis padres. Y rézales por mí.

—Lo haré, cuídate.

En la calle hacía más frío que en el congelador de cervezas del colmado de mi barrio. Los cristales de las ventanas eran como cubitos de hielos.

Preparamos la mesa de la sala con picaderas, y la decoramos con globos de diferentes colores. Su alegría se añadía a la mía. «¡Qué lindo es ser amado!», pensé. La bendición de Dios había llegado a su vida.

Mientras la noche caía, los invitados llegaban. Gilberto, un muchacho que trabajaba con Isabel, me agradó desde el mismo momento en que nos saludamos. Él no era un chico como los otros, siempre hablando de lo mismo. Le sentí diferente en todos los sentidos. Decía cosas interesantes, y me hacía sonreír. ¡Qué raro! Isabel, apoyada en la pared, me miraba serenamente. Quizá, con celos. Gilberto me dijo que mis ojos eran como dos luceros y mis labios, de miel irresistible. Aquello me provocó unas enormes ganas de hacer el amor, mi sexo ardía en llamas. Tomé licor a la roca o, como Isabel lo llamaba, licor puro. La noche se llenó de tentaciones.

—¿Tienes novio? —me preguntó Gilberto enfrente de Isabel.

—No —le respondí haciendo que ella se fuera de nuestro lado.

—¿Te gustaría ir al cine conmigo? —preguntó.

Solo tenía una respuesta en mente, y pensé que una propuesta como esa no se podía rechazar.

Nueve

El amor es lo más lindo que existe, porque de él se crea la vida, pero también es un arma que puede defenderte o ponerse en tu contra. Un mes después de salir en varias ocasiones con Gilberto, acepté su propuesta de ser novios. Isabel me echó de su casa ese mismo día. Su ira fue más fuerte que su razonamiento. Recogí mis cosas y me sentí humillada, como una perra tirada en la calle. Gilberto me llevó a su apartamento, que estaba a pocas cuadras del de Isabel. La vida clandestina que pensaba compartir con Isabel quedó en la lista de los recuerdos.

Ese mismo día, entre la alegría y la confusión, le conté a Dolores lo sucedido. Ella, como era de esperar, no opinó sobre el asunto, y se limitó a regañarme como haría una madre con su hija. Me hizo llorar, pero las lágrimas se convirtieron en una sonrisa. Le dije que ella era la madre que nunca tuve.

Mi primera navidad en los Estados Unidos fue triste, porque no tenía con quién compartirla. Esa noche, Gilberto llegó tarde a casa y embriagado. El dolor de la soledad me estaba matando. Pasé todo el día encerrada, combatiendo el frío y desafiando al destino. Las navidades en este país son aburridas, porque hay muchas culturas y cada cual las celebra a su manera.

En casa, sin salir ni a trabajar, me sentía asfixiada. El frío me atormentaba, y la tristeza se convertía en soledad. Si iba a la bodega, era junto a él. No me dejaba ir sola a ningún lado. Pronto entendí que era un hombre muy celoso. La idea de vivir con un hombre no me estaba gustando, se la pasaba controlando mi vida. La primera noche que tuvimos relaciones sexuales, su rostro sobre el mío me hizo recordar la imagen del viejo que se llevó mi inocencia. Me recordó los dolores, el miedo. Haciendo el amor, se comportaba como un salvaje, y cuando más deseaba caricias, más me trataba como a una puta. Me hubiese gustado decirle lo que me gustaba y lo que no en el amor, pero ¿cómo comunicarse con un animal? Me duele en el alma todo el mal que le causé a Isabel. Quizá Dios nunca me lo perdonará.

Una noche, Gilberto llegó borracho, como solía hacer. Al principio, me sacaba a pasear, pero llegó un momento en que me ignoraba. Quizá pensaba que yo solamente era su sirvienta. Al principio, todo era color de rosa; después, era fuego combatiendo contra el fuego. Una lucha que no tenía vencedor ni vencido. También era sudamericano y, según él, había heredado su carácter de su pueblo. Pasó su niñez viendo cómo los pandilleros lo invadían. Creció con odio, y afirmaba que la compasión era solo para los débiles. Nunca mostró arrepentimiento por sus astrosos actos. Le aguanté hasta que no pude más, me estaba metiendo en una zona peligrosa. No quiero mirar hacia arriba, no. No quiero que mi madre me vea así. ¿Por qué uno siempre pide lo imposible? ¿Por qué no nos conformamos con lo poco que la vida nos da? ¿Por qué?

El licor me ayudaba a calmar la tensión y los nervios. Cuando llegaba a casa, él solo quería tener relaciones, y luego dormir. Ya no me contaba cómo le había ido el día o me decía lo mucho que me quería.

Era primero de febrero, y llevaba un mes embarazada. Vivía como una coneja en su jaula. Para poder acariciar el viento, tenía que hacerlo a través de las ventanas. Ya no aguantaba más los abusos. Me pegaba casi todas las noches cuando llegaba embriagado, y se la pasaba diciendo que era una puta y que metía hombres en el apartamento. Mi rostro olvidó lo que era una sonrisa. No podía recordar la última vez que sentí alegría, y extrañaba a mis padres más que nunca. Entonces, comprendí lo importante que es la familia, lo comprendí perfectamente. Ya no hablábamos, y nos tratábamos como dos extraños. Hacía menos frío, la temperatura aumentaba con los días. Pensé en las posibles soluciones, sola, sin encontrar una conexión entre el dolor y los sufrimientos.

Esa misma noche, frustrada por los golpes que me había dado la vida, fui al Ejército de Salvación. Básicamente, era un establecimiento para personas que no tienen un sitio donde dormir o recursos para poder comer. Solía estar en aquellos lugares en los que abundaba la pobreza, el alcoholismo, el crimen y la desocupación. «Gilberto nunca me valoró», pensé. No se puede querer a quien no se valora. «Lo más lindo es cuando alguien te valora». Llevé conmigo la misma mochila escolar que me había acompañado en mis peores momentos. Antes de salir, le dejé una carta de despedida en forma de poema. Fue mi declaración de libertad.

Que nadie me conozca,
y que nadie me quiera.
Que nadie se preocupe de mi triste destino,
porque soy incansable
y tierna peregrina
que camina sin rumbo
y a la que nadie espera.
Que nadie sepa de mi vida,
ni yo de la ajena.
Que ignore todo el mundo
si estoy triste o dichosa.
Quiero ser una gota de agua
en un mar tempestuoso
o, en un inmenso desierto,
un granito de arena.
Caminar rumbo adentro,
sola con mi dolor.
Nada más, sin amigos,
amor o dinero.
Que mi hogar sea el camino
y el techo sea el cielo,
y mi lecho sea

la hoja de un árbol sin flor.
Cuando ya tenga polvo
de todos los caminos.
Cuando ya esté cansada
de luchar contra mi suerte,
me lanzaré
una noche de luna a la muerte,
de donde no regresan
jamás los peregrinos,
y moriré una tarde
cuando el sol triste alumbre
ascendiendo a un camino
y descendiendo a una cumbre.
Pero que no haya nadie
que me pueda encontrar.
Que mis restos, ya polvo,
los disipen los vientos
para que cuando tú sientas
algún remordimiento,
no encuentres mi tumba
ni me puedas rezar.

No sé si la leyó. Tampoco me importaba. La vida me había puesto obstáculos más difíciles, y ahora no podía retroceder.

Me dieron refugio, como era de esperar. Lloré en un cuarto ocupado por otras mujeres. Se veían pálidas, quizá debido a los sufrimientos. A la mañana siguiente, nos levantaron temprano para rezar. Era una casa tranquila, y los encargados se aseguraban de que esa tranquilidad se mantuviese. Nosotros mismos nos servíamos la comida. Gracias al embarazo, aumentó mi apetito; tenía dos bocas que alimentar. Pasé toda la mañana con náuseas y cansancio, y vomité al llegar la tarde. Estaba nerviosa y asustada, y me sentía sola, sin nadie que vigilara mis decisiones.

Leer la Biblia por las noches me ayudaba a conectarme con Dios, pero solo lo hacía cuando lo necesitaba. Supongo que serán millones quienes lo buscan cuando le necesitan, al igual que yo. Soy de esas personas que tiene que ver para creer, aunque también creo en la posibilidad de que Dios existe y no podamos verle ni escucharle. A solas, me preguntaba si el viento existía; lo sentía, pero no lo veía. En este planeta hay miles de plantas, frutas, habitantes y otros millones de cosas que debieron de tener un creador. Nada de todo eso existe en los planetas vecinos. Entonces, se necesita algo más que inteligencia para poder crear tanto, alguien con poderes más allá de los nuestros. Lloré una vez más, porque solo alguien como Dios podría hacer algo así. «Él existe, de eso no cabe la menor duda», me dije segura de mi razonamiento.

Al día siguiente, sentí la necesidad de hablar con Dolores. Me dejaron usar el teléfono de la oficina del refugio.

—Hola, amiga —le dije cuando contestó. Me temblaba todo el cuerpo, no sé si de frío o de emoción.

—¿Cómo estás? —me hizo la pregunta que menos deseaba oír.

—Estoy de lo peor, amiga —contesté—. Vivo en un refugio, y tengo un mes y una semana de embarazo. Deseo quitarme la vida en todo momento. ¿Qué hago? Por favor, dime cómo puedo salir de esta.

—Si tan solo estuviese contigo, te habría dado toda la ayuda del mundo —dijo con palabras consoladoras—, pero estoy lejos y no puedo hacer nada. Tú eres inteligente y sé que encontrarás la manera de resolver tus problemas. Solo te pido que no te rindas, porque al final ganarás la batalla; de eso, estoy segura.

—Gracias, amiga, por animarme, por comprenderme en estos momentos angustiosos —le dije agradecida por su consejo—. Me gustaría estar allá, contigo, recordando los buenos momentos, pero son ilusiones, ya ni sé lo que digo. Vivo confundida y hablo sola.

—Tómate las cosas con calma y analiza cada movimiento. Estoy segura de que tú no serás la primera mujer embarazada que esté pasando por momentos difíciles, recuerda eso —dijo.

Platicamos por un rato y llegué a la conclusión de que ella tenía razón, no podía ahogarme en un vaso de agua. Hablé con un señor, y me recomendó ir a un lugar de servicios sociales para ver si cualificaba para un apartamento pagado por el gobierno. «¡Fue la idea genial del día!», pensé.

Llevar una vida en tu interior es una experiencia única. La pasaba mirándome al espejo, pensando en el maldito futuro. Quizá mi padre estaba en lo cierto cuando me habló de la importancia que tiene la educación. Debí escucharle, pero el espejo no mentía, y ahí estaba mi mayor problema: la realidad. Me senté en el piso a llorar. La soledad era mi condena por haber tomado malas decisiones.

Al día siguiente, fui a llevar una solicitud para conseguir un apartamento del gobierno gratuito. Todo se trataba de que fuese aprobada. La ayuda de las señoras que trabajaban allí fue impagable, con la única excepción de una latina que me trató como si fuese una perra que había destrozado su jardín o como si le hubiese arruinado una cita amorosa. Detrás de ese cristal que nos separaba, se creyó una diosa ante mí.

—Regresa dentro de una semana para ver los resultados —me dijo con una sonrisa forzada—. No olvides traer dos tipos de identificación.

—Ok, gracias —le dije. «Estúpida», pensé.

El Ejército de Salvación no era gratis, pero el encargado hizo una excepción conmigo, creo que porque yo le gustaba. Él también era latino, y desde que llegué a ese lugar, no dejó de poner sus ojos en mí. Se llamaba Rey. Su mayor obsesión era tenerme, lo sabía. Muy probablemente, sus pensamientos al mirarme serían algo como: «¡Qué lindo culo tiene!» o «Me gustan sus labios jugosos». En cuanto a mis pechos, no cabía la menor duda de que se moría por saborearlos, pero yo había perdido el deseo de tener a alguien metido entre mis piernas. No podía negar que mi vida en ese momento era un callejón sin salida, pero la criatura que crecía en mí no debía encontrar las barreras que mi vida había creado. No, esa criatura no tenía la culpa de mis irresponsabilidades.

Pasaron los cinco días más largos de la primavera. Una simple respuesta en el servicio social decidiría el rumbo de mi vida. La mañana estaba fría, pero no temblaba por eso; creo que eran los nervios. Me acaricié la barriga frente al espejo, y después desayuné con los demás. Allí no tenía amigas, alguien en quien poder confiar. Mi vida pendía de un hilo, mi futuro podía derrumbarse. Tomé mis documentos y me persigné poniendo toda mi fe en ello. No sabía si mis plegarias serían escuchadas, pero de todos modos, lo hice poniendo en ello todo mi corazón.

Al llegar al edificio de los servicios sociales, me encontré con una fila de unos cincuenta individuos. Sentí náuseas por un instante. Dos días atrás, había vomitado en la madrugada. «Son desagradables los vómitos de un embarazo», me dije. De seguro que mi madre pasó por esto, no lo dudo.

Parada en la fila, observé a todos aquellos latinos desesperados en busca de ayuda. Cuando se hablaba de los Estados Unidos en la República Dominicana, era como si esa nación fuese lo máximo entre todas. Sin embargo, allí pude ver a desamparados durmiendo en las calles, cosa que en la República Dominicana no viví.

Una hora más tarde, me atendieron. Al darle mi nombre a la agente, un simple «te aceptaron» cambió completamente mi estado de ánimo. Mis ojos se humedecieron, y me sentí como si acabara de recibir el Premio Nobel a la persona que más ayuda necesitaba en todo el mundo. Mi solicitud para vivir en un apartamento del gobierno por un año fue aprobada, aunque el proceso se tardaría un mes antes de que pudiera mudarme.

De regreso al refugio, me pregunté quién era yo. Era una pregunta muy simple, pero que tenía miles de respuestas. Primero, tenía que analizar quién había sido, algo que me llevaría media vida tratar de descifrar, pero lo más importante era saber quién quería ser. Tenía que buscar la forma de sacar mi vida de aquella situación en la que estaba metida. Recordé las promesas que le hice a mi madre aunque nunca la conocí, recuerdos que son la fuente de mi fuerza de superación. En aquel momento, me hubiera gustado retroceder en el tiempo y volver a ser la niña que un día fui, años antes de perder la inocencia. Dicen que, cuando uno se encuentra a sí mismo, la vida se le hace más fácil.

El dinero se terminó, y tenía miedo de no tener una nutrición lo suficientemente completa como para que la criatura y yo estuviésemos sanas. Pensaba en mi madre, y me veía en su misma situación. «Estoy asustada», pensé. La profesora María dijo una vez: «El temor es algo que uno mismo crea». De acuerdo con sus palabras, quien siente temor a algo es como quien pierde una batalla sin siquiera pelearla. Ella tenía toda la razón, debía mantenerme firme ante todo lo que fuese a pasar.

Recostada en la cama, recordé los momentos de miel que viví junto a Andrea. «¡Qué lindos fueron», pensé mientras suspiraba, pero todo lo que pasó era parte del pasado. Si la vida nos diera un manual de cómo vivirla, sería más fácil; no es tan simple, vivimos de acuerdo a nuestras necesidades. Mientras que algunos abandonan la felicidad para seguir sus sueños, otros abandonan estos para estar al lado de sus seres queridos. En mi caso, abandoné a mis seres queridos para seguir mis sueños, aunque ni siquiera podía recordar cuáles eran. Sin embargo, cuando estuve con Andrea, sentí por un instante que ella sería parte de ellos. Fui feliz a su lado.

Las ventanas están sucias y no me permiten ver el cielo con claridad. Quiero ver a mi madre envuelta entre las nubes y decirle que no pienso darme por vencida. Le doy las gracias, porque nunca se rindió conmigo. Justo en medio del silencio, tocaron la puerta.

—¿Quién es? —pregunté desde la cama.

—Soy Rey, te he traído algo de ropa. ¿Puedo pasar? —me preguntó. Por un instante, imaginé su asqueroso cuerpo encima de mí derramando su deseo.

—Espera un momento —le contesté. Yo estaba en pijama, y no quería que él me viese así para no aumentar la tentación.

—Puede pasar ahora —le dije.

—Estas son unas ropas que acaban de donar unas jóvenes lindas; así, de tu edad —dijo con cara de inocencia—. Trátalas, pienso que te quedan.

Se quedó mirándome fijamente a los ojos. Parecía una fiera tratando de intimidar a su presa.

—Gracias —le dije sin darle importancia—. Déjelas en esa cama, las trataré luego.

Me pareció extraño que, en su mayoría, fuese ropa interior, e inmediatamente no me cupo la menor duda de que esas ropas las había comprado él.

—¿Sabes?, me gustaría ver cómo te quedan esta noche —me dijo despertando el demonio que su cuerpo tenía—. Yo te he ayudado mucho, te tengo aquí sin cobrarte ni un centavo y no te he pedido nada a cambio.

—¿Solo quiere ver? —le pregunté. Esa pregunta fue innecesaria. Yo sospechaba lo que él quería, y debía complacerle si quería seguir bajo techo.

—Sí —contestó con una sonrisa perversa.

A veces, hay mentiras que deben creerse para que la vida siga su curso normal. La de Rey fue una de esas. Me sentía nerviosa mientras la noche se acercaba. En el baño, estuve media hora duchándome. No quería salir de allí, pero en algún momento tenía que hacerlo. Me puse la más provocativa de todas aquellas prendas. Sabía muy bien que tenía que salir de esa situación lo más rápidamente posible. Me llevó a un cuarto en el sótano. El olor a sexo era insoportable.

—¿Tiene protección? —le pregunté sin deseo.

—Sí. Recuéstate ahí, que esto va a ser rápido —dijo. Sinceramente, mi cuerpo sintió necesidad de placer, aunque mi mente no quería aceptar ese momento.

—Si no te hubieses acostado conmigo, mañana mismo te habría echado a la calle —dijo—, pero veo que eres obediente.

Salí del cuarto con lágrimas en el alma. Quizá era sangre, no sé. Le pedí a Dios que no me abandonara, porque sentía que ese momento era en el que más le necesitaba.

Mientras las furiosas olas de la vida me golpeaban, el apartamento del gobierno me dio una nueva esperanza. Tener mi propio hogar me hacía sentir como estar de vuelta en casa. El departamento de servicios sociales también lo había amueblado, y se encontraba a veinte kilómetros del refugio del Ejército de Salvación. Estaba en un edificio de color rojo, de seis niveles. Por dentro, parecía una ratonera. Las paredes, sucias; las escaleras, cayéndose a pedazos, y aquel desagradable olor que salía de los apartamentos vecinos. No me permitían llevar visitas; en especial, hombres. No tenía libertad, era más bien una cárcel moderna en la que te permitían ver la luz del día y te ofrecían comida gratis en un espacio más o menos cómodo. También recibía un cheque quincenal y una compra de alimentos.

El frío afuera era aterrador. Era el primer domingo de marzo, y me protegía del gélido aire que rodeaba a la criatura. Habían pasado tres meses desde que el embrión comenzó a viajar por el paseo de su creación. El día anterior, compré un celular con el dinero que el gobierno me había dado. Ya no tenía dinero del que llevé de Puerto Rico, y tampoco tenía amistades. Me sentaba a ver el televisor mientras jugueteaba con el celular, contenta de tener algo que me ayudara a entretenerme. Patricia, la inquilina del apartamento de al lado, me invitó a su casa, pero yo no quise ir por miedo a que se tratara de algo malo. Por las noches, escuchaba ruidos que salían de ese apartamento. «Ahí está ocurriendo algo», pensé una noche.

Mi padre logró que yo le admirara. Tengo que reconocer que, aunque el dolor de la perdida de su esposa le debilitó, luchó contra viento y marea para sacarme adelante. Recuerdo que, desde muy niña, él me llevaba a las fincas en las que trabajaba. En la madrugada, antes de irnos, me pedía que le preparara café. En el camino, montada junto a él en el caballo, le llenaba de preguntas curiosas. Le preguntaba, por ejemplo: «¿Por qué el cielo es azul?», y su respuesta casi siempre era la misma: «Algún día, lo sabrás». Cuando me llevó a la escuela por primera vez, me agarré a su pierna como un hierro pegado a un imán. Me dolía estar sola allí, sin él. Tanto, que aún lo recuerdo perfectamente. Lloré, lloré y lloré durante todo el día, y mientras lloraba, los niños a mi alrededor me miraban con lástima. Luego, me acostumbré, y me encantaba ir y compartir con los otros niños.

Los domingos se convirtieron en mi día favorito; en la mañana, íbamos a la iglesia, y en la tarde, a comer helados en la *Heladería La Fresca*. Después de los helados, finalizábamos el día en el parque.

Cuando pisé la secundaria, la profesora María se convirtió en mi favorita. Por alguna razón inexplicable, me gustaba escucharla mientras me daba consejos, aunque a ninguno presté atención. Durante mi niñez sucedieron muchas cosas; algunas las recuerdo, y otras no. Un recuerdo inolvidable era el de Claudia. Todo sucedió en el primer año de la secundaria. Según sus vecinos, Claudia llegó de la escuela una tarde y no había nadie en casa. Ella fue a bañarse y, cuando regresó a su cuarto, se encontró con un señor de unos treinta años sentado en su cama. Le pidió que se quitara la toalla y ella, sin saber qué hacer, se la quitó. La violó. La descripción de lo ocurrido fue horrible; la dejó sangrando, traumatizada. Desde ese día, perdió el apetito; finalmente, dejó la escuela por vergüenza a los profesores y compañeros. Su mundo desapareció de un plumazo. A mí me afectó mucho aquello, tomé miedo de estar con un hombre y hasta hablar de relaciones sexuales me incomodaba.

Como me sabía sola en el apartamento, me hacía notar; subía el volumen del televisor, y también fingía hablar por el celular. «¡Qué loquera!», me decía cuando advertía que me estaba volviendo loca. «¿Quién será la última persona que me verá en vida?», pensé una noche antes de acostarme. «¡Ojalá sea alguien de mi familia!», me respondí. Le di varias vueltas a la idea de intentar ser amiga de Patricia. No comprendía por qué en su casa había tanta actividad en la noche. Era un entrar y salir continuo de personas de su apartamento. En cambio, el mío era todo silencio y solo yo salía y entraba.

Una mañana, me despertó el sonido del timbre. Alguien tocaba mi puerta.

—¿Quién es? —pregunté bostezando.

—Es Patricia —dijo—. Ven para comer algo que he preparado.

—Voy ahora, dame un minuto.

Salí en pijama, con el celular en la mano. En el pasillo había colillas de cigarrillos. Toqué su puerta mientras miraba para ambos lados.

—¡Pasa, que está abierta! —gritó desde el interior.

Abrí la puerta con cautela, y me sorprendí al ver a dos muchachas sentadas en la sala.

—¿Cómo están? —saludé.

—Bien, gracias —dijo una sonriendo—. ¿Cómo te llamas?

—Teresita —contesté devolviéndole la sonrisa—. Vivo al lado. Estoy a la orden si algo se le ofrece.

Me senté con ellas. Mientras Patricia preparaba el desayuno, yo observa como si estuviese haciendo una inspección. Su apartamento tenía dos cuartos, y en la sala había un sofá-cama abierto. Vi varios paquetes de condones abiertos a su lado, y también condones usados y sin usar por todo el piso. Me pregunté por qué una mujer que vive sola necesita tres camas. La situación estaba clara: en ese apartamento ocurrían relaciones sexuales con más de una mujer.

—¿Por qué hay tantos condones tirados? —les pregunté.

Por un instante, llamé su atención. Se miraron como si estuvieran decidiendo quién iba a responder a la pregunta.

—Nosotras somos damas de compañía —dijo Patricia.

—¿Qué es eso exactamente? —le pregunté mirándola.

—Acompañamos a chicos que necesitan compañía, ya sea para conversar o para tener relaciones sexuales —contestó—. A la mayoría les gusta salir a pasear y, luego, tener sexo. En general, son personas que tienen problemas en el trabajo y en su casa, viven estresados y vienen aquí para relajarse. Otros, simplemente no pueden conquistar a una chica y prefieren comprar el amor y el cariño.

Horas más tarde, regresé a mi apartamento. «Estas chicas cobran cien dólares por cita», me decía una y otra vez recostada en el sofá. Patricia me había dicho que sería bienvenida si deseaba entrar en el negocio, y que no todo era sexo. Antes de irme, le dejé mi número de celular. También pregunté a las dos chicas cómo lo hacían para conseguir clientes, y me respondieron lo siguiente: «Hola, me llamo Carmen. Tengo 23 años y me gustaría pasar un momento rico contigo. Yo soy muy buena… y te aseguro que te voy a encantar. Si te intereso, llámame a este número». La otra respondió: «Mi nombre es Belén. Soy dama de compañía. Si te sientes solo, me gustaría pasar un momento agradable contigo. Podemos conversar, caminar, ir de compras, bailar o tener relaciones sexuales. Si no quieres ahora, me puedes llamar en cualquier momento. Si usted es uno de esos selectos caballeros que siempre buscan lo mejor, si usted no está satisfecho con las ofertas comunes y busca algo diferente, si busca una extraordinaria belleza natural mezclada con sensualidad, intelecto y erotismo, una rara combinación de belleza y cerebro… Entonces, usted ha dado con la persona indicada». Viéndolo bien, yo podía hacer todo eso excluyendo las relaciones sexuales.

Me dolía reconocerlo, pero necesitaba el dinero. Lo digo por mi madre. En su carta, recuerdo que decía: «Por más difícil que esté la situación, siempre gánate el pan de cada día humildemente. Estudia y supérate para que llegues adonde nosotros no pudimos llegar». Pasé toda la tarde pensando en esas palabras. Después, llamé a Dolores mientras miraba a través de la ventana.

—Hola, ¿qué tal? —le pregunté.

—Bien, pensé que me habías olvidado —dijo—. Tengo buenas noticias. Estuve averiguando qué fue de tu familia, y descubrí que se fueron a vivir a la capital.

Quedé paralizada. El mundo que creía parado volvió a rotar.

—No me digas eso, que puedo morir de un infarto —le dije—. ¿Cómo lo has sabido?

—Mi tía me dijo que conoció a tu madre y a su familia —respondió—. Ellos vendieron las tierras y su casa antes de que nacieses y se fueron todos para allá. Mi tía sabe dónde vive una tía tuya, trataré de conseguir su número de teléfono.

—Gracias, amiga, me has devuelto la vida.

Esa noche, durante el sueño, sentí a mi madre pasándome la mano por la cara. Yo creía firmemente que ella me protegía. Mi padre decía que algunas almas nunca descansan y se quedan rondando. La de mi madre fue una de esas.

En el mes de abril, recibí una carta del gobierno recomendándome estudiar, como lo hacían con todas las personas a las que les pagaban un apartamento. Si no trabajaban, tenían que estudiar. En la carta, estaba la dirección de la escuela a la que querían que asistiera, una escuela para adultos. Las clases comenzarían en mayo, y solamente estaban dirigidas a personas en mi misma situación, por lo que pensé que podría conocer a otros que también eran mantenidos por el gobierno.

El lunes de la siguiente semana, fui a matricularme y me dieron todos los utensilios escolares sin coste alguno. Esa noche, Patricia me dijo que tenía un cliente para mí. Me sentí confundida, no quería volver a la vida clandestina que había tenido con Andrea. Recordaba perfectamente lo mal que terminó aquella travesía. De todos modos, acepté diciéndole que no tendría sexo con él. Me contestó con un «sí» como si le diese lo mismo.

Al anochecer, me puse a ver las noticias antes de «la cita». No sé si estaba preparada para ser dama de compañía. El noticiero hablaba de los problemas que acontecían en algunos países de Centroamérica, en los que estaban sufriendo inundaciones a causa de la temporada de tormentas. Mientras tanto, mi mente también se inundaba, pero de pensamientos. Me preguntaba si Dolores podría conseguir el teléfono de mi tía.

Me puse la ropa más linda que tenía, pues quería impresionar a mi primer cliente. Patricia me llamó a eso de las diez de la noche, el cliente me esperaba en su apartamento. Llegué, angustiada y preocupada, pensando que realmente era yo quien necesitaba compañía. Él me esperaba en la sala.

—Hola —saludé un poco nerviosa.

—Hola —respondió él.

No había nadie más que él. Nos sentamos en la cama de uno de los cuartos. Me miró y sentí la presión en la expresión de su cara.

—Mi vida está terminada —dijo—. Trabajo como un animal para sostener a mi esposa y a mis dos hijos. Tengo dos trabajos, y ella lo único que hace es buscar pelea conmigo. Siento que voy a explotar.

—Te comprendo —contesté—. Vamos a salir para que tomes aire fresco.

Fuimos a un parque que estaba cerca. La temperatura era de unos sesenta grados Fahrenheit. Él no me dijo su nombre, y yo tampoco insistí en saberlo. Sus ojos se humedecieron, y pensé que abrazarle sería lo correcto. Le di un beso en la mejilla y nos sentamos en un banco. Mirábamos las estrellas en el cálido frío de la noche. Me abrazó y nos quedamos así por un rato.

—Pídele a Dios para que te ayude —le dije—. Mírame a mí, estoy embarazada y esta criatura va a nacer sin padre. Debes tener fe para superarte y combatir los obstáculos de la vida.

—Gracias, que Dios te bendiga.

Seguimos abrazados en el silencio nocturno. Nos separamos y dirigimos nuestros pasos alrededor del parque. Poco después, regresamos al apartamento.

—Gracias, Teresita —dijo—. Siento como si me hubiese librado de una presión inmensa, y ha sido gracias a ti.

—De nada, si necesita de alguien, ya sabe dónde encontrarme —fue lo mejor que se me ocurrió responder.

De niña, me gustaba dibujar y escribir en mis cuadernos. Tomé ese hábito que pasó a ser mi pasatiempo favorito. En vez de hacerlo con muñecas, jugaba con las gallinas. Ahora, me causa risa recordar esos momentos inocentes. No puedo olvidar los únicos recuerdos que me atan a seguir aquellos sueños que debo alcanzar. Tengo un corazón de esperanza, y quiero que siempre se mantenga así. Por las tardes, después de la escuela, me gustaba escribir poemas; algunos, con sentido, y otros no se entendían. Mi padre nunca los leyó. Dejé aquellos cuadernos, con todos esos recuerdos, bajo la cama. Hasta las picaduras de los mosquitos y los apagones me hacían falta. Extrañaba los mangos, los cocos de agua, los tamarindos, las frituras y los montes, y rogaba a Dios para que algún día me permitiera ver nuevamente todo aquello.

El celular sonó a eso de la una de la mañana. Con sueño, contesté.

—¿Quién es? —pregunté sin mirar la pantalla.

—Es Patricia —dijo ella con voz calmada—. ¿Qué sucede en tu casa?

—Nada, ¿por qué? —pregunté intrigada.

—Se escuchan gritos como si alguien estuviera discutiendo —contestó.

—Yo no oigo nada, debe de ser tu imaginación —le dije—. Acuéstate y olvídate de los asuntos de los vecinos.

—Ok, buenas noches.

Colgó el teléfono. No sé de qué se trataba, pero al menos, tuvo la confianza de llamarme. Quizá se sentía sola y necesitaba hablar aunque lo que fuese no tuviese importancia. Definitivamente, algo así debió de ser.

Los síntomas del embarazo estaban acabando con mi vida. Primero, me provocó mucho sueño y cansancio, y quería dormir día y noche. La fatiga me atacaba en el momento menos esperado. Sin embargo, lo que más me molestaba eran los repentinos cambios de ánimo. Me ponía de mal humor fácilmente y sin poder controlarlo. Cuando por las noches no eran las depresiones, entonces las pasaba distraída. Los pechos se me pusieron muy sensibles. Durante el día, me entraban ganas de orinar con frecuencia, no sé si por la cantidad de agua que bebía o si también era uno de los síntomas del embarazo.

El momento de ir a la escuela se aproximaba, y eso me alegraba, pues casi siempre estaba encerrada, sin compañía. Tenía pocos clientes, solamente aquellos que aceptaron no tener relaciones sexuales conmigo. Hablar con ellos era como una terapia sicológica que me ayudaba y me permitía ayudar. «¡Qué trabajo tan maravilloso!», pensaba de vez en cuando.

Una noche, en el noticiero, dieron una noticia que me produjo admiración: una maestra educaba de forma gratuita a niños huérfanos. La primera imagen que vi hizo que se me saltaran las lágrimas. Aquella señora estaba pidiendo ayuda a todos los que pudieran colaborar para la construcción de una escuela de un aula con comedor. Los niños, inocentes ante su situación, agradecían a la maestra su gesto. Ella daba las clases en el patio de su casa, que estaba cubierto por una lona. El pizarrón estaba colocado sobre un par de bloques de cemento y apoyado en un naranjo. Además, les daba avena y pan por la mañana. En la tarde, algunas personas conmovidas también les llevaban comida. Al ver a los niños sentados en sus bancos de madera, me acordé de uno que mi padre me hizo. Mis lágrimas se multiplicaron; quería controlarlas, pero no pude. Me acaricié la barriga intentando consolar el dolor que llegaba hacia la criatura. Quizá debí ser escritora y escribir mi vida. Mi mente se confundía con la soledad que me rodeaba. A ratos, estaba alegre por la criatura que iba a nacer, pero otros, me deprimía al saber que estaba sola.

Patricia me hizo el favor de llevarme a la clínica la primera vez. Como me imaginaba, el doctor me dijo que tenía que tomar vitaminas. Esa palabra alteró mi sistema nervioso. Me hicieron un examen físico, y después me llevaron a un cuarto especial donde me hicieron una ecografía. «¡Qué avanzada va la criatura!», me dije en voz baja. Miraba cada uno de sus movimientos entusiasmada. Patricia solo sonreía, sentada a mi lado. En el fondo de mi corazón, le estaba muy agradecida por haber cambiado mi vida. El doctor me recomendó mantener una nutrición equilibrada y, sobre todo, mantener a la criatura sana. Por último, me preguntó a qué me dedicaba. La respuesta fue simple: «No trabajo».

—Es una niña —dijo el doctor al concluir la ecografía. Sonreí.

El viento de aquel lunes de primavera dio comienzo a las clases. Patricia, Carmen y Belén me desearon suerte.

El aula estaba en un segundo piso, con vistas a la calle, y la bandera estadounidense ocupaba una de sus esquinas. Todos éramos latinos, tanto mayores como jóvenes, cada uno sentado en su pupitre. No había clemencia para nadie, era como ir a la guerra y tener que luchar por algo, pero no sabíamos por qué luchábamos. Quizá ocurre lo mismo con los soldados en el campo de batalla; seguramente, no entienden el propósito de la guerra. Sin embargo, yo podía decir que luchaba por un mañana mejor, estaba segura de eso. El profesor, también hispano, intentaba hacernos sentir a gusto. Me reconfortaba saberme rodeada por compatriotas.

Escribí la fecha en la primera hoja de mi cuaderno. Comenzamos con matemáticas básicas: suma, resta, multiplicación y división. El profesor dijo que dedicaríamos la primera semana a la suma y a la resta; sonreí, pues yo ya sabía todo eso.

—Por ahora, vamos a concentrarnos en lo básico; luego, iremos avanzando —dijo—. Es muy importante que tomen todas las notas necesarias para los exámenes que pondré al concluir cada tema.

—Está bien, profe, lo haremos con gusto —apuntó una señora puertorriqueña.

Increíblemente, minutos después de regresar de la escuela, Dolores rompió el ciclo que me llevaba a creer que nunca encontraría a mi familia. «Tu tía vive en un barrio de la capital, y se llama Carmela. También conseguí su número de teléfono.

No he hablado con ella, pero cuando lo haga, trataré de hacerlo con cuidado, ya que sufre del corazón», me dijo. Esa fue la noticia que más me alivió después de todos los desafortunados momentos por los que había pasado. Miré el número escrito en un papel como si fuese un fantasma. Me comí las uñas, me rasqué la cabeza y suspiré profundamente, pero no podía llamarla. Sentía un miedo confuso en mi interior, y no comprendía por qué. Dejé la llamada para hacerla en la mañana.

El teléfono había sonado tres veces cuando lo contesté.

—Ven, que tienes un cliente —dijo Patricia—. Apúrate, que este sí te va a gustar.

—Deja que me cambie —respondí.

Tomé aquella cita como otra cualquiera, sin darle mayor importancia. Me maquillé y entré en la habitación como de costumbre, sonriendo al cliente. Una de las reglas más importantes de las damas de compañía es no enamorarse de los clientes. Al verle, comprendí lo que Patricia me había dicho. Tenía unos veinticinco años, ojos color café, pelo bueno y piel blanca.

—¿Te pago ahora o luego? —me preguntó.

—Tranquilo. Primero, dime tu nombre.

—Me llamo Carlos.

Me quedé observando su modesta forma de expresarse y también noté que se veía tranquilo y, por su aspecto, no comprendí por qué buscaba una dama de compañía.

—¿Y qué te trae por aquí? —le pregunté.

—Ayer estuve conversando con un amigo que me dijo que vino aquí una vez que se sentía muy estresado —contestó—. Tengo problemas de concentración últimamente, y le dije que necesitaba distraerme un poco. Más bien, quisiera conocer gente nueva, alguien a quien poder ser útil en la vida.

—Ok, comprendo. ¿Qué quieres hacer, entonces?

—Tú eres la experta, dirige tú el camino.

Le llevé al parque cercano. Mantuvo una sonrisa plasmada en su rostro. Le conté un poco sobre mi vida, solo la parte interesante. Entonces, nos miramos fijamente y fue entonces cuando sentí el primer beso entrar por su mirada. No le pregunté por qué me miró así, pero él se anticipó diciéndome que yo tenía unos ojos muy lindos. Asentí, pero cambié de tema. Recordé lo mucho que había sufrido con Gilberto, y no quería pasar por una decepción como esa nunca más. No puedo negar que sentí algo bonito por Carlos. Algo en él era diferente a los demás; quizá fue su sinceridad. Me habló un poco de su vida y, de regreso a casa, me dijo que yo era un ser especial. «Gracias», le contesté leyendo sus intenciones en la mirada. No sé por qué, pero le dejé mi número de celular.

Ya en el apartamento, me puse a hacer el montón de tareas escolares que me habían mandado. Esperaba con ansia la llegada de la criatura, que estaba en su quinto mes de gestación. «¡Qué emoción, mi Dios. Gracias, Señor!», me dije acariciándome la barriga.

Mientras hacía las cuentas, pensaba en Carlos. Me agradó en todos los sentidos, pero los recuerdos de Gilberto destruían la ilusión de encontrar al príncipe azul que tanto soñé. Mi corazón latía serenamente. Me concentré en el trabajo, comprendiendo las reglas de la suma y la resta. Al rato, recibí un mensaje en el celular de un número desconocido, pero que decía «Carlos». «Hola, gracias por el paseo y por contarme un poco de ti. Quería decirte que tu compañía me hizo mucho bien. No sé si podrás, pero me gustaría salir contigo otra vez mañana a la misma hora». Quedé sorprendida. «Claro que puedo, pasa por mi casa», escribí rápidamente. Esperé otro mensaje, pero no llegó. La tecnología del celular era un poco confusa para mí. No entendía las cosas en inglés y algunas palabras en español.

Tomé el celular nuevamente como si fuese una cobra, con miedo, y marqué los once números más largos de mi vida. El teléfono comenzó a sonar.

—Sí, buenas —respondió alguien.

—Buenas noches, mi nombre es Teresita —le dije nerviosa—. Quisiera hablar con Carmela, por favor.

En una milésima de segundo, sabría el nuevo destino que tomaría mi vida. «Quisiera compartir este momento de felicidad con mis padres», pensaba una y otra vez.

—Es Carmela, ¿quién me habla? —preguntó.

—Mi nombre es Teresita —respondí—. Soy hija de la difunta Teresa y de Antonio. Me dijeron que usted es hermana de mi madre, y llamo para confirmarlo. Hace algunos años que comencé a preguntarme si aún tendría familia con vida.

—Sí, soy tu tía —dijo. Hubo un silencio. Tanto ella como yo nos pusimos a llorar. De repente, se me hizo un nudo en la garganta.

—Bendición, tía —dije cuando pude sobreponerme—. Ahora que la encontré, nos mantendremos en contacto. No sabe la alegría que tengo ahora. Estoy embarazada de cinco meses. Si me lo permite, me gustaría ir a vivir con usted cuando nazca la criatura.

—Yo también me alegro de saber de ti —respondió—. Por supuesto que puedes vivir en nuestro hogar, eres parte de la familia. Les contaré a todos de tu existencia.

La conversación terminó algunos minutos más tarde. En ese momento, sentí a la criatura moverse; posiblemente, porque sintió mi alegría. Coloqué el celular sobre la mesa de la cocina y me tomé dos vasos de agua para calmarme. La noche estaba cálida. Esperaba la llegada de Carlos con ansiedad, necesitaba desahogarme. Me sentía feliz. El teléfono sonó, indicando un mensaje escrito recibido: «Hola, estoy esperándote en el estacionamiento, listo para salir», me escribió. Le envié un mensaje diciéndole que ya bajaba.

El recuerdo de esa noche marca la felicidad que hoy siento. Subí en un carro blanco con destino imaginado. Pensé que haríamos lo usual: ir al parque a pasear y hablar, y luego, de regreso a casa. Pero no fue así, él tomó las riendas esta vez. Llegamos a un restaurante que tenía mesas en el exterior, el ambiente era muy placentero. El asombro me mantuvo en silencio por un instante. Él ordenó por mí, parecía una escena ensayada.

—¿Qué te parece este lugar? —me preguntó.

—Es lindo —le dije—. Es la primera vez que estoy en un lugar tan hermoso como este.

Esa noche no le cobré, porque no lo consideré una cita amorosa. Él no lo sabía, pero tampoco se lo dije. Solo le dije que esa vez no tenía que pagarme. Conversamos excavando profundamente en nuestras vidas. Esa noche, Dios unió el lazo que se había roto. Me ofreció ser su novia, y me prometió sacarme de aquella vida clandestina que amenazaba mi futuro. Acepté mirándole a los ojos, porque su sinceridad fue más grande que cualquier razonamiento lógico. Me dijo algo que una madre nunca podría olvidar: «Me gustaría ser el padre de la criatura que esperas». Una vez, en la escuela, recuerdo que una chica dijo que padre no es el que engendra, sino el que cría. Entonces, entendí esa frase y dejé en manos del destino lo que fuera a pasar, ya que él era quien había traído a Carlos a mi vida.

Once

A solo un mes de dar a luz, mi existencia llegó a su máxima felicidad. Razones, tenía de sobra: había encontrado a mis familiares, a un ser que permanecía a mi lado, y el amor que esperaba en cuatro semanas. El verano fue ardiente, como la temperatura de mi cuerpo. El embarazo no me dejaba dormir. Mi vida marchaba como si yo tuviese una lista de tareas por hacer, primero, segundo… cronológicamente. Rompí la regla más importante de las damas de compañía con Carlos: jamás enamorarse de un cliente, pero había dejado esa vida oscura; había encontrado la luz del amor.

Durante el día, miraba hacia el cielo hablando al rostro desconocido de mi madre. El doctor me aconsejó que procurara no estresarme, ya que eso podía hacerle daño a la criatura. Quizá lo dijo por lo pálida que estaba en la última consulta. Le conté que la ausencia de mis padres me producía nostalgia. Tenía en mi interior muchas razones para celebrar la alegría, pero también muchas otras para estar triste. «¿Qué mezcla saldrá de la alegría y la tristeza?», me pregunté una noche mientras veía el noticiero.

En general, las personas dicen comprenderle a uno cuando te ven triste o si tienes algún dolor, pero yo creo que no pueden saberlo exactamente a menos que también lo sufran. Carlos siempre me decía que me comprendía; especialmente, en los dolores del embarazo. A veces, eso me molestaba y le hacía una pregunta obvia: «¿Cómo lo sabes si nunca ha estado embarazado?». Su contestación siempre era la misma, se limitaba a reírse. Ahora creo que lo hacía para darme su apoyo, algo que siempre debería existir en el amor.

Por años, le hablé a mi madre en su ausencia, pero nunca obtuve respuesta alguna. Soñaba con ella a menudo. De vez en cuando, sentía sus manos acariciándome mientras dormía. Una tierna voz susurraba palabras en mis oídos, para después sentir su piel rozando la mía. Su alma no podía descansar. En una ocasión, Dolores me dijo que su espíritu me protegía.

Esa semana, a finales de agosto, fue muy buena en la escuela. El profesor nos hizo sentarnos por parejas, y compartimos ideas y proyectos en grupo. Sin embargo, cuando tenía que escribir alguna redacción, mi mente se quedaba bloqueada en el papel. Yo no era exactamente la clase de persona que puede escribir una redacción por sí misma, mi poca creatividad no me lo permitía. Esa era yo en la escuela; alguien que, simplemente, no podía redactar sin ayuda.

Carlos conquistó mi corazón. Sinceramente, él era el príncipe azul que tanto había esperado. Me impidió seguir cometiendo atrocidades, y me trajo la alegría nuevamente. A escondidas, lo llevaba al apartamento para que durmiera conmigo. Noche tras noche, hablábamos de los planes que teníamos en marcha para el año entrante. Íbamos a mudarnos a otro apartamento una vez la criatura naciera y devolviera en el que vivía al servicio social.

Sentada en la sala, mirando la claridad del día, retrocedí hasta el recuerdo más vergonzoso que pasé con mi padre: la llegada de la menstruación. Una mañana, mientras me levantaba para ir a la escuela, noté un chorro de sangre bajando por mis piernas. Asustada, pensé que me estaba desangrando y que había llegado el momento de mi muerte. Miré mis piernas y la cintura en busca de una herida, pero no la encontré. Me preguntaba de dónde había salido toda esa sangre. Entonces, noté que la sangre salía de dentro del panty. «La sangre sale de mi parte privada», me dije aterrada. «Parte privada» era como mi padre llamaba a la vagina. Le llamé llorando, pues pensaba que me iba a morir si no me llevaban al hospital urgentemente.

—¿Qué es esto? —le pregunté enseñándole el punto de donde salía la sangre.

El sonrió, comprendiendo algo que yo desconocía. Al verle tan tranquilo, supe que no debía asustarme.

—Eso es la menstruación, mi hija —dijo. Esa palabra me sonó como «monstruo», no podía tratarse de nada bueno. Como cualquier niña que experimenta esa situación por vez primera, le pregunté:

—¿Y qué es eso, papi? —su respuesta me daría el alivio que necesitaba o me llevaría a preocuparme aún más.

—La menstruación es una etapa fundamental de la pubertad, y eso quiere decir que te estás convirtiendo en mujer —explicó—. Es normal sentir temor o ansiedad la primera vez que se sienten esos síntomas de cambio.

Me quedé pensando en lo de que me estaba convirtiendo en mujer. Me confundió, porque yo sabía muy bien que ya era una mujer.

—Pero si yo ya soy una mujer, no te entiendo —le dije desorientada.

—Lo que quiero decir es que estás pasando de niña a mujer. Pronto verás cambios físicos como el crecimiento de tus senos y otras áreas de tu cuerpo —dijo. Sentí librarme de un enorme peso, de toda la presión que me atormentaba.

—Gracias, papi.

A solo una semana del parto, me desesperé. Pensaba en lo que le había sucedido a mi madre y en la vida de agonía que pasé con mi padre, viéndole todo los días frustrado. Todo se volvía en mi contra. Trataba de comer y de tomarme las pastillas de vitaminas a diario. Me consolaba saber que iba a dar a luz en una clínica preparada para todo tipo de situaciones médicas, pero nunca se sabe qué puede suceder. Entonces, decidí prepararme para lo peor y escribí una carta por si acaso.

Querido amor mío, hoy es el día más feliz de mi vida.
Nueve meses han pasado para poder tener el regalo más
lindo de la vida: una nueva vida. Yo, tu madre, he

pasado por tantas cosas extraordinarias que bastarían para escribir un libro. En mi ausencia, respeta a tu padre y ámale de la misma manera en que me amarías a mí. Las estrellas no dejarán de brillar si algún día sientes que tu mundo se convierte en oscuridad. Lucharás las peores batallas que jamás un ser humano haya peleado. Estoy llorando, y lo hago porque los recuerdos de mi madre, tu abuela, me golpean el alma. Ella, al igual que yo, pasó tiempos difíciles y complicados, y murió el mismo día en que me dio la vida. Mi padre, Antonio, me crió; murió de un ataque cardíaco. Tu familia se encuentra en la capital, Carlos te dirá dónde. Si tuviese que pagarle a mi padre por todo lo que hizo por mí, de seguro que esta vida no bastaría para hacerlo. Él me dio todo lo que un padre le puede dar a su hija. Me bañaba, peinaba y cambiaba la ropa, me llevaba a la iglesia, al colmado a comprar pan, me lavaba los dientes y fue mi mejor profesor. Carlos hará esto y más por ti; te lo prometo, amor. Las cartas de despedida son tristes, pero quiero que consideres esta como una de alegría. Decirte adiós no será mi despedida, sino el comienzo de nuestra relación de madre e hija.

—Teresita

Mi padre decía que la vida de una niña es simple, porque no tiene preocupaciones. En cambio, a un adulto, las responsabilidades nunca le faltan. Ahora puedo comprender qué era aquello que tanto le preocupaba. Metí la carta en un sobre, y le pedí a Carlos que no la abriera a menos que yo muriese en el parto. Su reacción fue decirme: «¡Qué absurda idea!». Quizá la idea era absurda, pero lo que podía pasar únicamente estaba en manos de Dios. «Que nunca te haya pasado no quiere decir que no pueda pasar», le dije dejándolo con las dudas.

Esa noche, Carlos me habló con más detalle de su niñez.

—En la secundaria, me enamoré de una niña con ojos cautivadores y cuerpo de sirena —dijo—. Mi amor era silencioso, ya que nunca me atreví a declararle lo que sentía. Cuando pasaba a su lado, los nervios me traicionaban. Simplemente, no podía hablar. Un día, me atreví a acercarme a ella, pero cuando estábamos cara a cara, se me nubló la mente. «¿Hiciste la tarea?», fue lo único que dije. Ese amor se volvió viejo, y la alegría de poder llegar a ser su novio nunca llegó. Mis padres siempre me consintieron en todo, no tengo queja alguna de ellos. Tuve una infancia normal, me regalaban juguetes el día de Reyes, mis padres me llevaban a la escuela y compartía con otros niños.

—Bueno, qué historia tan maravillosa —le dije—. Perdona, pero tengo sueño, me voy a dormir.

Carlos se fue a su casa, le dije que deseaba pasar la noche sola. Tenía ganas de llorar, de sonreír y de pensar. El calor me agitaba. «¿Qué dirá mi obituario cuando muera?», pensé entre otras estupideces. Alguien diría:

Teresita fue una joven que cruzó por el destino de la mala suerte. Tuvo la desdicha de no conocer su madre y, a una temprana edad, perdió a su padre. Quedó sola en el mundo. Su niñez fue muy diferente a la de las otras niñas: sin juguetes, sin amigas para jugar y sin calor materno. De hecho, no tuvo niñez, pues pasó a ser una joven dedicada al cuidado de su padre. En un intento por mejorar su vida, desafió al mar Caribe. En una tierra ajena, buscó los tesoros perdidos. Después, huyó de allí buscando un nuevo horizonte. Luego, pisó la tierra de los sueños: los Estados Unidos. Luchó contra viento y marea, como lo hacen los inmigrantes en aquella tierra de sueños perdidos, por años, buscando algo que otros tampoco pudieron encontrar: la felicidad eterna, y murió en el intento. Sufrió muchas agonías, pero sobre todo, el dolor de saber que todo lo que hizo fue en vano.

Posiblemente, esas no serían las palabras exactas, pero algo así debería de ser. Ya me estaba cansando de la vida en ese país, de los días cortos y oscuros, y de los fríos horribles. Planeé ir a la universidad si me mudaba con mi tía; pensé que eso habría hecho feliz a la profe María. Quería cambiar mi modo de vida, pronto sería madre y tenía, pensaba, que darle un buen ejemplo a mi hija. Mi madre también lo habría hecho conmigo. Era feliz, porque la sentía moverse; ella era parte de mí.

Un día, Carlos y yo estuvimos buscando un nombre para ponerle, y decidimos llamarla Briana. Después, fui al hospital temprano para hacerme unos análisis antes del parto. Sentía los nervios atenazando todo mi ser. Aquel hospital contaba con una tecnología tan avanzada, que los doctores podían predecir hasta el día en que se iba a producir el parto. «¡Qué cosa esa!», me dije mientras el doctor preparaba la sala para el chequeo.

—Mañana trata de llegar a las ocho de la mañana —dijo una enfermera traduciendo lo que el médico me había dicho en inglés.

—¿No puedo comer o tomar líquido?

—No, por nada del mundo —respondió ella—. Trae algo de ropa, porque vas a quedarte aquí por un par de días. Es preferible que alguien te acompañe.

—Gracias —contesté.

Todo salió bien, tal como se lo había pedido a Dios. Desde la cama reclinable, admiraba las luces del techo, los diferentes equipos de preparación y los pósteres que mostraban la anatomía del cuerpo humano. El aire acondicionado salía del sistema de ventilación enfriando todo mi cuerpo. A pesar de toda esa organización, aquella sala daba miedo.

Temprano en la mañana, Carlos me acompañó al hospital. Él ya me había demostrado que me amaba, y por primera vez supe lo que era eso, esa extraña palabra que tantas veces pensé nunca encontraría en mi vida. Yo también le amaba, y no dudaba en compartir mi vida junto a él. Su apoyo me tranquilizaba. El hospital era enorme, con cientos de habitaciones. La recepción parecía la sala de una casa de algún millonario, enorme y elegante. La recepcionista nos dirigió a la sala donde el parto tendría lugar. Rellené un formulario. Ya instalada en dicha sala, me tendieron una bata.

—El doctor estará contigo en un momento —dijo una enfermera latina. «Ha llegado el gran día», pensé. Mientras, Carlos me acariciaba, relajando cada músculo tenso de mi cuerpo.

—Buenos días, ¿lista para tener a tu bebé? —me preguntó el doctor.

—Sí.

—Si en unas horas no tienes contracciones, tendremos que provocarlas.

—¿Eso me va a doler? —pregunté.

—Todo sobre el parto duele, pero al final todo es alegría —contestó.

Pasaron algunas horas, y no había señal alguna de contracciones. El doctor regresó con una enfermera, y comenzaron el proceso de provocación del parto. Los dolores eran similares a los de un dolor de barriga, pero más intensos. Me quejaba, pero ellos me decían que aguantase.

—El doctor regresará dentro de una hora para ver cuánto ha avanzado la criatura —dijo la enfermera mientras se marchaba junto a él.

Entonces, coloqué la carta que había escrito en la mano de Carlos por si ese sería mi último día con vida. Los dolores me desesperaban, me producían angustia. «No sé si estoy lista para pasar por esto», me decía una y otra vez. Los dolores se fueron haciendo más agudos, provocando que yo respirara profundamente.

—Confía en ti misma –dijo Carlos mientras me daba un beso en la frente.

Por mi cabeza cruzó el miedo de perder una vida; perdí la fe por un instante y recordé lo que le había pasado a mi madre. Tan solo deseaba tener a mi hija en mis brazos, la esperaba con impaciencia. El doctor regresó en dos horas y dijo que el bebé estaba saliendo. Hablaron de centímetros. «¿Qué cosa será esa?», me pregunté entre el empuje y la fatiga. Horas más tarde, las cosas se pusieron más feas y el doctor y tres enfermeras se prepararon para jalar a la criatura. Carlos me agarró por los brazos mientras pronunciaba palabras de fe. En un pujo, sentí un vacío grande, señal de que el fruto del amor había llegado. Oí un grito de alegría. Envuelta en una cobija pequeña, me entregaron a mi hija.

—Te amo, amor mío —le dije mientras Carlos y yo llorábamos de alegría. Sus tiernas manos acariciaron mi cuerpo. Su cuerpo estaba cubierto de sangre y algo resbaladizo. No podía contener mis emociones. Me sentía tan feliz, que lloraba de adentro hacia afuera.

—¿Qué nombre piensa ponerle? —me preguntó la enfermera.

—Briana —contesté.

Le di el pecho una hora más tarde, estaba deseosa de mamar. Esa noche, ella durmió en una incubadora, mientras que yo deseaba salir de ese hospital a disfrutar de la vida junto a mi nuevo amor. El parto me dejó adolorida, no me podía parar por mí misma.

Dos días en el hospital fueron una tortura eterna. De regreso a casa, las cosas habían cambiado. Carlos había preparado el cuarto de la niña junto al mío. Su pequeña cuna hacía juego con mi cama blanca. La dormía en mi regazo; usualmente, después de darle leche materna. La cargaba a cada instante, acariciando sus ocho libras y tres onzas. Carlos la adoró desde el primer momento. «¡Qué sentimiento tan profundo el de ser madre!», pensé completamente feliz. Me dolía todo el cuerpo, y el doctor me recomendó reposo. Horas después de salir del hospital, pude compartir mi alegría con Dolores y tía Carmela; ambas estaban muy felices. Mi vida como madre me hizo cambiar mucho. No puedo explicarlo, a menos que alguien lo sienta tal y como yo lo siento, pero por algo se dice que es el amor más grande. Es cierto. El calor materno no puede compararse con nada.

Briana era la única niña que conocía que no tenía abuelos maternos. «A ella le dolerá eso cuando tenga uso de razón, estoy segura», me dije. El rompecabezas de mi vida ya tenía todas sus piezas.

Esa noche, hablamos de mudarnos a Nueva Jersey cuando devolviera el apartamento del servicio social. Carlos había vivido en una comunidad de ese estado, y nos pareció que la vida que llevaríamos allí sería mejor para la niña. Se notaba que él se preocupaba por nosotras, algo que solo hacen los que aman. Yo apoyé sus planes, porque eran razonables.

Mis noches eran cortas, ya que Briana se despertaba a todas horas; mayormente, por hambre. Como los bebés no hablan, todo lo piden mediante gritos y llantos, aunque me acostumbré a ellos; es el deber de una madre. No podía quejarme de haber sido dama de compañía, porque había conocido a un hombre espectacular. Por mi mente solo cruzaba un pensamiento: todo ser humano merecía ser feliz como yo lo era.

Doce

A cualquiera que me preguntara sobre la vida, le diría que es complicada. No sé de dónde venimos ni dónde vamos después de la muerte. «Todo es un misterio», me digo cuando estoy molesta por algo. Hacemos las cosas como mandan las leyes, o como dicta «lo tradicional». «¿Que pasó con la creatividad?», me pregunto.

Estaba en un nuevo apartamento, lejos del sufrimiento, pero cerca del aburrimiento. Finalmente, nos mudamos a Nueva Jersey, a una comunidad hispana. Podía ver árboles por todos lados, algo que en Manhattan era imposible. Era un ambiente parecido al de campo, con la única diferencia de que no había animales sueltos. El apartamento tenía un patio para jugar. Briana cumplió seis meses, y se la pasaba gateando, mientras que yo gané unas libritas por no decir «librotas».

Carlos trabajaba en una fábrica de perfumes. Salía temprano y siempre llegaba tarde, casi de noche. Antes de partir, le preparaba el almuerzo. Después, me quedaba sola, en ese espacio vacío que él dejaba y que yo trataba de llenar con Briana. Si me preguntan por qué tuve una hija, les diré que no lo sé, pero me sobran razones. Desde el embarazo, me convertí en una persona más responsable, con ganas de vivir. Creo que la vida tiene puertas infinitas, y uno las abre de acuerdo con el destino que quiera tomar. Era feliz, porque a pesar de creer haber tomado el camino equivocado, no fue así.

Si existía un dolor que jamás podría olvidar era el de la ausencia de mis padres, y quería compartirlo con alguien que estuviese pasando por lo mismo, así como en una clase de terapia sicológica. Me hacía falta cocinar en el fogón o colar el café con un colador de tela. Extrañaba el canto de los pájaros y hasta la picadura del mosquito. Odiaba calentar la comida en el microondas. No conseguía adaptarme, y pensaba que nunca podría hacerlo. Me incomodaba hasta la forma en que llegaba el correo: el cartero dejaba la correspondencia sin un saludo; es más, pocas veces le veía. A veces, pensé que se estaba escondiendo de mí. No conocía a mis vecinos y, de la forma en que vivíamos, quizá nunca los conocería.

Haber crecido sin mi madre fue perder esa parte tan importante de la niñez: tener su afecto. Después de su muerte, mi padre ni siquiera hizo el intento de enamorarse de nuevo; pienso que le fue fiel hasta después de su partida. Su amor fue real, como en los cuentos de hadas. Cuando le contemplaba, lo hacía con admiración. Crecí rebelde, pero no me alegro de eso y me incomodaba ser así. Quería enseñarle a mi hija que, en la vida, hay que querer y amar. Juntas, venceríamos las barreras y conquistaríamos las metas que nos pusiera el destino. La miraba y me preguntaba a quién se parecía más, si a mi madre o a mi padre. Se la pasaba gateando, arrastrándose, tratando de correr antes que de caminar. Su sonrisa angelical me recordaba la que yo nunca tuve.

A menudo, confundía los sueños con la realidad. No encontraba el lado bueno de la vida, y me tomaba tiempo comprender las cosas. En el funeral de mi padre, viví un sueño hecho realidad, una pesadilla que hasta el día de hoy no me deja despertar. Me pregunto si eso pasó en verdad o si solo fue un sueño. Le miré en aquel ataúd abierto, y toqué su mano fría. En ese instante, mi cuerpo estaba inmensamente afligido, agobiado por el intenso dolor. Mi corazón quería desprenderse de mi cuerpo, no podía soportar el hecho de no volverle a ver. A mi alrededor, pocos lloraban; solo aquellos que fueron sus amigos me acompañaron con lágrimas. —Su hija quedó sola —escuché decir a un señor mayor. «Es cierto», pensé para mí, pero su partida me preocupaba principalmente al saber que me había quedado sola.

Un señor que había llegado de lejos me preguntó cómo fue mi padre, una buena pregunta. Le pregunté cómo le había conocido, y él me respondió con una sonrisa: —Tu padre fue mi mejor amigo en la infancia —algo me dijo que, efectivamente, habían sido buenos amigos. —Él fue el mejor padre del mundo: trabajador, educado, simpático, amable, sincero y, si sigo, no termino —le contesté. Esas palabras alegraron mi vida, aunque solo fue por un instante. Conversamos, y pude aprender cosas de mi padre que no sabía. Me dijo que él era bien enamorado, y que le gustaba piropear mucho a las muchachas. Eso me causó risa, pero mezclada con tristeza. Algunos me dieron esa mirada que se le da antes de morir, mientras que otros me daban la que producía pena.

Su partida hizo que una adolescente se quedara sola en el mundo. La primera semana fue la más difícil, pues no tenía dinero para cocinar o a quien llamar padre. Le debo mucho a mi amiga Dolores por ser mi salvadora. Seguramente, Dios tiene un lugar especial reservado para ella; se lo merece. La educación dejó de importarme, y no quería pensar en el futuro; mi mente dejó de pensar igual. Algo perforó un lado de mi corazón, la parte buena. A veces, quiero vencer esos obstáculos de los malos recuerdos, pero también comprendo que pertenecen a mi vida y que no puedo arrebatarme lo que es mío.

Carlos llegó a mi vida quizá enviado por Dios. Llenó aquel vacío que me traía inquieta. Trajo consigo felicidad, algo que me faltaba en abundancia. Con él, sentí amor verdadero por alguien, con un afecto especial. Cuando las acciones hablan, sobran las palabras. Él me demostraba día a día el amor que sentía por nosotras, sin condiciones. Era como un soldado fiel a su capitán. Me causaba risa verle hacer los faenas domésticas; en especial, cuando lavaba los platos. Nunca decía groserías, y siempre me mostraba respeto. No teníamos discusiones o malentendidos. En parte, también agradezco mi felicidad a Dolores. En una ocasión, ella me había dicho que, cuando llegara aquel príncipe azul, yo me daría cuenta.

Un sábado de abril de ese año, nos invitaron a una boda, la culminación de un noviazgo que duró tres años para terminar convirtiéndose en una unión matrimonial. Algunos fueron para reunirse con viejos amigos, mientras que otros disfrutaban de la ceremonia. Yo lloré cuando se hicieron las promesas eternas. El padre de la novia la entregó al futuro esposo. «Si algún día llego a casarme, ¿quién me entregará?», me pregunté mientras me secaba las lágrimas. El cura dijo las palabras mágicas, aquellas que prometían la unión, incluyendo «juro» como dos veces. Me pregunté por qué hay que jurar algo, como si fuese mandatario cumplirlo. Me pareció que estábamos en una corte y bajo un juramento serio.

En la recepción, las lágrimas habían desaparecido. La alegría volvió. El discjockey, con su música alegre, invadió las tristezas que algunos habíamos traído. «Las bodas», pensé, «son ocasiones en las que se reúne la familia, los que vienen de lejos y los que solo se ven en ocasiones especiales». Hubo lágrimas de admiración, y otras porque se iba un ser querido del hogar; lo mismo sucede en los funerales. Deseé ser la novia, vivir ese momento como si fuese mío. La noche finalizó con los recuerdos que quedaron en los rostros de quienes volvieron a encontrarse.

Aparecí en medio de una guerra, y las balas cruzaban por todos lados. Estaba confundida, no sabía qué hacía allí, no conocía a nadie y no comprendía a quién trataban de matar. Había humo por todas partes y personas corriendo. No conocía aquel lugar. Yo también corrí hacia un edificio en el que había una señora que repetía constantemente: «Dios te salvará, no te preocupes». Después, se quedó mirándome y sonrió como una lunática. Le pregunté por qué me decía eso, pero no me respondió. Se le notaba frustrada ante la situación. Desperté de aquel sueño que, de alguna manera, estaba relacionado con mi vida. Yo vivía en una batalla diaria, y quizá por eso tuve aquel sueño. Me quedé pensando en las palabras de la señora, si eran un mensaje directo de Dios o, simplemente, una casualidad del sueño.

Temprano, fui a las tiendas por departamento de la ciudad. Despejar la mente me hizo bien. En el centro comercial, Carlos me preguntó si yo quería mudarme de nuevo a mi país.

—¿Por qué me preguntas eso? —le requerí deteniéndome de repente.

—Porque veo que no eres feliz en este país —contestó—. Simplemente, no veo la alegría en tu rostro. Quisiera verte viviendo al máximo. Mañana, hablas con tu tía Carmela y le preguntas si podemos mudarnos a su casa los tres.

—Sí, es cierto que no me siento completa en este país —dije—. Me gustaría despertar y creer que todo lo que he vivido solo fue un sueño. Gracias por ser tan bueno conmigo.

A la puesta del sol, Carmela me dijo que le encantaría tenernos en su casa; esa fue la buena noticia del día. Carlos me planteó mudarnos en un par de meses. Él tenía un dinero ahorrado, y lo emplearía para sostenernos allá. Dolores se alegró mucho cuando le dije que, pronto, nos veríamos de nuevo. Quise hacer planes, pero dejé que las cosas salieran de forma natural, sin planearlas. Mientras Briana trataba de caminar, yo apenas me reponía de las batallas que había peleado en mi trágica vida. Se lo conté a Patricia, Carmen y Belén, y las tres se sintieron muy felices por mí.

Recuerdo que conocí la definición de la palabra «tristeza» un día de las madres. Entonces, le pedí a Dios por ella, y yo fui felicitada por primera vez como madre. Carlos me llevó a cenar a un restaurante de lujo. Quedé fascinada por la hermosura del lugar. Podía decir que el amor, en parte, reinaba en mi vida. Esa noche compartimos momentos maravillosos, de pareja. Briana lloraba, pidiendo que la cargara. Llevé puesto un vestido estampado con flores que me quedaba por la rodilla, con el pelo y maquillada. Lucía radiante, llamando un poco la atención.

Los vientos soplaban en el calor del verano. Me sofocaba encerrada en la cocina mientras preparaba la comida, esperando ansiosamente la llegada del día más esperado, aquel en el que conocería a mi familia. La primera vez es emocionante casi en todo, y esperaba que ese momento también lo fuese para mí. Las tardes se me hacían largas, ser madre es un trabajo a tiempo completo.

Un día, amanecí con un presentimiento en la cabeza, algo que quería hablarme; hay que tratar de entender los presentimientos. Primero, me entró la ansiedad por comer;

luego, de ver televisión. Hacía cosas, pero no me concentraba en ellas; simplemente, estaba centrada en mis pensamientos, tratando de descifrar algo que no conocía.

Carlos llegó antes de que oscureciera. Vino con una sonrisa plasmada en su rostro.

—Te dejé algo encima de la cama —dijo. No le puse mucha atención, porque pensé que se trataba de algo para el hogar.

—Ahora lo cojo.

—Ve ahora —dijo. Al insistir, supe que debía de tratarse de algo importante.

Sobre la cama había dos pasajes de avión. No le pregunté para quiénes eran, porque estaba claro.

—Te amo —le dije mientras le abrazaba y mis lágrimas mojaban su hombro. La vida pasa tan rápido, que un día empezamos a caminar y el otro nos llena de sorpresas. Miré los pasajes como unas diez veces para asegurarme de que no se trataba de un sueño; luego, me miré en el espejo. Entonces, lo entendí: Dios da las cosas a su debido momento; al menos, así me sucedía a mí.

—Yo también, amor, por siempre lo haré —respondió sonriendo—. No te preocupes, que juntos saldremos adelante; te lo prometo.

Me gustó escuchar la palabra «juntos», porque sentí por todo mi ser que me incluía en sus planes.

—Yo te debo mi vida y un poquito más —le agradecí su apoyo.

Me encerré en el cuarto con la necesidad de compartir mi felicidad con Dolores. La llamé. Mis manos temblaban, los nervios y el cerebro no se ponían de acuerdo, estaban disparatados. Ella, al escuchar que regresaría en un mes, soltó un grito que debió de escucharse a tres cuadras. «Mi vida pronto volverá donde comenzó», pensé.

Cuando me mudé a Nueva Jersey, me sentí obligada a dejar la escuela. Extraño el alboroto de la gente y las tareas que nunca podía hacer, la comida mala y las horas infinitas en el salón que nunca se limpiaba. Es raro decir esto, pero todavía pienso en

Andrea. Cuando ruego por mi familia, también lo hago por ella. Me dolió que las cosas entre nosotras terminaran de esa forma, pero si nada de aquello hubiese ocurrido, probablemente no hubiese tenido a Briana.

A solo una semana de la partida, me preparé para el viaje más emocionante de mi vida. Me liberaría del presente para regresar al pasado. Me comía las uñas preocupada por cosas que ni siquiera conocía, analizando si podría sobrevivir como lo hice cuando era una niña. En ese momento, no podía tomar decisiones únicamente pensando en mí, sino por el bienestar de Briana y Carlos. Casi todos los días me los pasaba cambiando pañales y preparando leche y, al final, recogiendo los juguetes. Era el único oficio que hacía con gusto y amor. Le leía; le hablaba, aunque no entendiera lo que yo le decía. Me reía sin motivo, y la brincaba como si fuese un muñeco.

Los días pasaron rápidamente, como yo lo había deseado. La jornada antes de partir, lloré por horas mientras pensaba acostada en la cama. Carlos no dijo nada, supongo que se imaginaba por qué lo hacía. Un noventa por ciento de mi ser estaba alegre por regresar al lugar que me había visto nacer y crecer, pero el otro diez por ciento extrañaba los años pasados. Aunque seguía en el país, me tocó repartir la herencia de los pocos años de vida transcurridos en la tierra de los sueños perdidos. Mis lágrimas dejaron de correr como un río que deja de fluir. El agotamiento ayudó a mi descanso, dejando que mi mente se fuese lejos.

El equipaje era pesado. En el avión, pensé en los pros y los contras que me esperaban. Iba a vivir una mejor vida; teóricamente hablando, si todo salía bien. Como desventaja, estaba el hecho de no tener un mejor futuro. Sin embargo, todo eso no me importaba entonces. Tres horas y media de viaje fueron como pasar un día entero en ese avión. Al salir de él, sentí un gran alivio, similar al de haber podido escapar de un gran aprieto. Los que nos esperaban, formaban una multitud y parecían estar protestando. «Cosa común del dominicano», pensé. Vi una señora que se acercaba a mí con su rostro bañado en lágrimas. No tuvo que decírmelo, porque sentí que era mi tía. Recuerdo perfectamente esa primera impresión y las lágrimas de alegría que derramamos.

Camino a casa, las preguntas fueron más que las respuestas. Algunas fueron ignoradas, porque las contestaciones serían más dolorosas que ellas mismas. Íbamos unas quince personas en la guagua. Carlos estaba callado, quizá por timidez. Briana sonreía mientras los niños a bordo le hacían gracias. Lloré, porque busqué a mi padre cuando salí del aeropuerto y no le vi; me habría gustado mucho que él me recibiera. Si eso hubiese pasado, entonces creería totalmente en los milagros. El viento, mezclado con el calor, me recordó los días bajo la mata de mango. Carlos y yo nos miramos, sonriendo sin motivo.

La primera semana, todo volvió a la normalidad: las picaduras de los mosquitos comenzaron a molestar, y no había cable para el televisor. Me sentía como una extraña en casa ajena, teniendo que volver a aprender cómo cocinar al estilo dominicano, los precios, la forma de hablar y tratar a las gentes. El segundo día de mi llegada, hablé con Dolores y le prometí que pronto iría a verla. Esa misma tarde, le hice un resumen de toda mi vida a Carmela. Le conté por todo lo que había pasado tras la muerte de mi padre, la travesía hacia Puerto Rico en busca de un futuro mejor y la locura de salir de la isla por culpa de errores de la vida. Hablamos con el corazón, desnudando nuestros recuerdos.

—Cuéntame un poco de mi madre —le dije.

—Desde pequeña, fue una niña muy trabajadora —se quedó callada un instante—. Jugábamos a las cocineras, y siempre andábamos sucias. Era linda, así como tú. Tenía tu pelo, tus ojos y tu misma cara, con esa linda sonrisa. En dos palabras, puedo decirte que tu madre fue una persona excepcional. Cuando tu padre se la llevó de casa, las cosas cambiaron entre nosotras por la distancia. Años después de morir nuestra madre, vendimos la casa y nos mudamos aquí.

—Gracias, tía. Por favor, deja de llorar, que me vas a poner triste —le dije.

«Salí de una casa para encerrarme en otra», pensé.

En una plática desesperada, Carlos me dijo que necesitaba trabajar. En ese instante, me imaginé que el dinero se estaba terminando. Le dije que no se preocupara, porque había quien no tenía ni siquiera para comer. No fue mucho consuelo, pero ayudó. Ese día, le comenté que la próxima semana iría a visitar a Dolores.

Salí a pasear por el barrio, y noté el modo de vida de la gente, tan distinto al de los Estados Unidos. En medio del alboroto, me confundís y me preguntaba si era parte de esa vida. Me hacía muchas preguntas; mayormente, sobre mi vida y la que debí tener. El sudor corría por mi espalda mientras bajaba y subía las carreteras llenas de hoyos. El sol se acostaba tarde, como de costumbre. Caminé sin rumbo fijo, tratando de encontrarme a mí misma. A veces, le pedía a Dios, y otras, le daba las gracias por lo que ya me había dado. Como otros seres humanos, yo era muy inconformista. Siempre quería más y, sinceramente, daba poco.

El sábado de la siguiente semana, me dirigí a casa de Dolores, sola y llevando algunas fotos de Briana. Mi tía le había pedido a un vecino que hiciera el favor de llevarme. Cuando deseaba que el camino se hiciera más largo, se hacía más corto, pero era largo, así que me nos detuvimos para comer. Una hora más tarde, llegamos a su casa.

—¡Dios mío, por fin te vuelvo a ver! —dijo sonriendo.

—¡Qué bien me siento, amiga, de verte de nuevo! Sinceramente, estoy feliz —tomé aliento—. Te noto más linda y delgada. Sin embargo, yo estoy con unas libritas.

—¡Que va! Tú te ves bien así. No te acomplejes tanto, que te vas a poner vieja pronto —dijo.

—Mira las fotos de mi hija y mi esposo.

—Qué linda es, y él también se ve bien —continuó—. Qué bueno que la vida te haya cambiado y ahora seas madre. Felicidades, me alegro por ti.

—Sí, me siento una mujer completa —le dije—. Regreso dentro de un rato, voy al cementerio y, luego, a visitar la casa de mis viejos.

—Está bien, prepararé algo de comida para cuando regreses y me cuentas algo de tu vida.

—Ok.

El señor me llevó al cementerio. Allí lloré sin consuelo frente a la tumba de mis padres. No podía hablar, solo dejar escapar mi llanto. Mi cuerpo quedó afligido, y perdí el poco ánimo que tenía. «Les quiero mucho, y siempre los extrañaré. Que Dios les tenga en la gloria. Estaré viviendo en la capital, lejos de ustedes. Me hubiese gustado que compartieran con su nieta, y quiero darles las gracias por haberme dado la vida. Sé que es tarde para decírselo, me hubiese gustado hacerlo en vida. Me arrepiento profundamente de no haberles agradecido en vida lo mucho que hicieron por mí», dije con un último aliento.

Nos dirigimos a la casa donde crecí. El pequeño terreno estaba abandonado, y comprendí que nadie vivía allí. Abrí el puertillo, y me dirigí hacia la parte de atrás. Arranqué unas yerbas y las acaricié. Después, miré la mata de mango y le sonreí. Me concentré en la casita donde el amor nunca faltó; estaba cayéndose, las hojas de yagua estaban agujereadas. La puerta de atrás permanecía abierta, así que inspiré profundamente y entré. Me dirigí hacia la cama y saqué el cuaderno de dibujos y poemas que escondía bajo la misma. Sonreí a los lindos recuerdos. En ese instante, pensé que lo más lindo en la vida es cuando uno dice las cosas a tiempo, y que es importante no esperar a lo peor para expresarlo. Aprendí que es importante dar las gracias todos los días por más simple que sea la situación. En una ocasión, recordé algo que mi padre me había dicho: «Si el mañana nunca llegase, ¿qué harías hoy?». Me quedé sin respuesta comprendiendo que cosas como esas casi nunca están en nuestras cabezas a menos que sea necesario.